U0675410

世事如烟

余华 著

作家出版社

图书在版编目（CIP）数据

世事如烟 / 余华 著 . – 北京：作家出版社，2012. 9
（2023.12重印）
（余华作品）
ISBN 978-7-5063-6531-4

Ⅰ . ①世… Ⅱ . ①余… Ⅲ . ①中篇小说 – 作品集 – 中
国 – 当代 ②短篇小说 – 作品集 – 中国 – 当代 Ⅳ . ①I247.7

中国版本图书馆CIP数据核字（2012）第168909号

世事如烟

作　　者：余　华
责任编辑：钱　英
装帧设计：高高国际
出版发行：作家出版社
社　　址：北京农展馆南里10号　　　邮　　编：100125
电话传真：86-10-65930756（出版发行部）
　　　　　86-10-65004079（总编室）
　　　　　86-10-65015116（邮购部）
E-mail:zuojia@zuojia.net.cn
http://www.haozuojia.com（作家在线）
印　　刷：三河市紫恒印装有限公司
成品尺寸：142×210
字　　数：100千
印　　张：4.875
印　　数：59001-67000
版　　次：2012年9月第1版
印　　次：2023年12月第9次印刷
ISBN　978-7-5063-6531-4
定　　价：33.00元

目　录

自　序

　　这是我从1986年到1998年的写作旅程，十多年的漫漫长夜和那些晴朗或者阴沉的白昼过去之后，岁月留下了什么？我感到自己的记忆只能点点滴滴地出现，而且转瞬即逝。回首往事有时就像是翻阅陈旧的日历，昔日曾经出现过的欢乐和痛苦的时光成为了同样的颜色，在泛黄的纸上字迹都是一样的暗淡，使人难以区分。这似乎就是人生之路，经历总是比回忆鲜明有力。回忆在岁月消逝后出现，如同一根稻草漂浮到溺水者眼前，自我的拯救仅仅只是象征。同样的道理，回忆无法还原过去的生活，它只是偶然提醒我们：过去曾经拥有过什么？而且这样的提醒时常以篡改为荣，不过人们也需要偷梁换柱的回忆来满足内心的虚荣，使过去的人生变得丰富和饱满。我的经验是写作可以不断地去唤醒记忆，我相信这样的记忆不仅仅属于我个人，这可能是一个时代的形象，或者说是一个世界在某一个人心灵深处的烙印，那是无法愈合的疤痕。我的写作唤醒了我记忆中无数的欲望，这样的欲望在我过去的生活里曾经有过或者根本没有，曾经实现过或者根本无法实现。我的写作使它们聚集到了一起，在虚构的现实里成为合法。十多年之后，我发现自己的写作已经建立了现实经历之外的一条人生道路，它和我现实的人生之路同时出发，并肩而行，有时交叉到了一起，有时又天各一方。因此，我现在越来越相信这样的话——写作有益于身心健康，因为我感到自己的人生正在完整起来。写作使我拥有了两个人生，现实的和虚构的，它们的关系就像是健康和疾病，当一个强大起来时，另一个必然会衰落下去。于是，当我现实的人生越来越平乏之时，我虚构的人生已经异常丰富了。

这些中短篇小说所记录下来的，就是我的另一条人生之路。与现实的人生之路不同的是，它有着还原的可能，而且准确无误。虽然岁月的流逝会使它纸张泛黄字迹不清，然而每一次的重新出版都让它焕然一新，重获鲜明的形象。这就是我为什么如此热爱写作的理由。

十八岁出门远行

柏油马路起伏不止，马路像是贴在海浪上。我走在这条山区公路上，我像一条船。这年我十八岁，我下巴上那几根黄色的胡须迎风飘飘，那是第一批来这里定居的胡须，所以我格外珍重它们。我在这条路上走了整整一天，已经看了很多山和很多云。所有的山所有的云，都让我联想起了熟悉的人。我就朝着它们呼唤他们的绰号。所以尽管走了一天，可我一点也不累。我就这样从早晨里穿过，现在走进下午的尾声，而且还看到了黄昏的头发。但是我还没走进一家旅店。

我在路上遇到不少人，可他们都不知道前面是何处，前面是否有旅店。他们都这样告诉我："你走过去看吧。"我觉得他们说得太好了，我确实是在走过去看。可是我还没走进一家旅店。我觉得自己应该为旅店操心。

我奇怪自己走了一天竟只遇到一辆汽车。那时是中午，那时我刚刚想搭车，但那时仅仅只是想搭车，那时我还没为旅店操心，那时我只是觉得搭一下车非常了不起。我站在路旁朝那辆汽车挥手，我努力挥得很潇洒。可那个司机看也没看我，汽车和司机一样，也是看也没看，在我眼前一闪就他妈的过去了。我就在汽车后面拼命地追了一阵，我这样做只是为了高兴，因为那时我还没有为旅店操心。我一直追到汽车消失之后，然后我对着自己哈哈大笑，但是我马上发现笑得太厉害会影响呼吸，于是我立刻不笑。接着我就兴致勃勃地继续走路，但心里却开始后悔起来，后悔刚才没在潇洒地挥着的手里放一块石子。

　　现在我真想搭车，因为黄昏就要来了，可旅店还在它妈肚子里。但是整个下午竟没再看到一辆汽车。要是现在再拦车，我想我准能拦住。我会躺到公路中央去，我敢肯定所有的汽车都会在我耳边来个急刹车。然而现在连汽车的马达声都听不到。现在我只能走过去看了。这话不错，走过去看。

　　公路高低起伏，那高处总在诱惑我，诱惑我没命地奔上去看旅店，可每次都只看到另一个高处，中间是一个叫人沮丧的弧度。尽管这样我还是一次一次地往高处奔，次次都是没命地奔。眼下我又往高处奔去。这一次我看到了，看到的不是旅店而是汽车。汽车是朝我这个方向停着的，停在公路的低处。我看到那个司机高高翘起的屁股，屁股上有晚霞。司机的脑袋我看不见，他的脑袋正塞在车头里。那车头的盖子斜斜翘起，像是翻起的嘴唇。车厢里高高堆着箩筐，我想箩筐里装的肯定是水果。当然最好是香蕉。我想他的驾驶室里应该也有，那么我一坐进去就可以拿起来吃了。虽然汽车将要朝我走来的方向开去，但我已经不在乎方向。我现在需要旅店，旅店没有就需要汽车，汽车就在眼前。

我兴致勃勃地跑了过去，向司机打招呼："老乡，你好。"

司机好像没有听到，仍在拨弄着什么。

"老乡，抽烟。"

这时他才使了使劲，将头从里面拔出来，并伸过来一只黑乎乎的手，夹住我递过去的烟。我赶紧给他点火，他将烟叼在嘴上吸了几口后，又把头塞了进去。

于是我心安理得了，他只要接过我的烟，他就得让我坐他的车。我就绕着汽车转悠起来，转悠是为了侦察箩筐的内容。可是我看不清，便用鼻子闻，闻到了苹果味。苹果也不错，我这样想。

不一会他修好了车，就盖上车盖跳了下来。我赶紧走上去说："老乡，我想搭车。"不料他用黑乎乎的手推了我一把，粗暴地说："滚开。"

我气得无话可说，他却慢慢悠悠打开车门钻了进去，然后发动机响了起来。我知道要是错过这次机会，将不再有机会。我知道现在应该豁出去了。于是我跑到另一侧，也拉开车门钻了进去。我准备与他在驾驶室里大打一场。我进去时首先是冲着他吼了一声："你嘴里还叼着我的烟。"这时汽车已经活动了。

然而他却笑嘻嘻地十分友好地看起我来，这让我大惑不解。他问："你上哪？"

我说："随便上哪。"

他又亲切地问："想吃苹果吗？"他仍然看着我。

"那还用问。"

"到后面去拿吧。"

他把汽车开得那么快，我敢爬出驾驶室爬到后面去吗？于是我就说："算了吧。"

他说："去拿吧。"他的眼睛还在看着我。

我说："别看了，我脸上没公路。"

他这才扭过头去看公路了。

汽车朝我来时的方向驰着，我舒服地坐在座椅上，看着窗外，和司机聊着天。现在我和他已经成为朋友了。我已经知道他是搞个体贩运的。这汽车是他自己的，苹果也是他的。我还听到了他口袋里面钱儿叮当响。我问他："你到什么地方去？"

他说："开过去看吧。"

这话简直像是我兄弟说的，这话可真亲切。我觉得自己与他更亲近了。车窗外的一切应该是我熟悉的，那些山那些云都让我联想起另一帮熟悉的人来了，于是我又叫唤起另一批绰号来了。

现在我根本不在乎什么旅店，这汽车这司机这座椅让我心安而理得。我不知道汽车要到什么地方去，他也不知道。反正前面是什么地方对我们来说无关紧要，我们只要汽车在驰着，那就驰过去看吧。

可是这汽车抛锚了。那个时候我们已经是好得不能再好的朋友了。我把手搭在他肩上，他把手搭在我肩上。他正在把他的恋爱说给我听，正要说第一次拥抱女性的感觉时，这汽车抛锚了。

汽车是在上坡时抛锚的，那个时候汽车突然不叫唤了，像死猪那样突然不动了。于是他又爬到车头上去了，又把那上嘴唇翻了起来，脑袋又塞了进去。我坐在驾驶室里，我知道他的屁股此刻肯定又高高翘起，但上嘴唇挡住了我的视线，我看不到他的屁股。可我听得到他修车的声音。

过了一会他把脑袋拔了出来，把车盖盖上。他那时的手更黑了，他的脏手在衣服上擦了又擦，然后跳到地上走了过来。

"修好了？"我问。

"完了，没法修了。"他说。

我想完了，"那怎么办呢？"我问。

"等着瞧吧。"他漫不经心地说。

我仍在汽车里坐着，不知该怎么办。眼下我又想起什么旅店来了。那个时候太阳要落山了，晚霞则像蒸气似的在升腾。旅店就这样重又来到了我脑中，并且逐渐膨胀，不一会便把我的脑袋塞满了。那时我的脑袋没有了，脑袋的地方长出了一个旅店。

司机这时在公路中央做起了广播操，他从第一节做到最后一节，做得很认真。做完又绕着汽车小跑起来。司机也许是在驾驶室里待得太久，现在他需要锻炼身体了。看着他在外面活动，我在里面也坐不住，于是打开车门也跳了下去。但我没做广播操也没小跑。我在想着旅店。

这个时候我看到坡上有五个人骑着自行车下来，每辆自行车后座上都用一根扁担绑着两只很大的箩筐，我想他们大概是附近的农民，大概是卖菜回来。看到有人下来，我心里十分高兴，便迎上去喊道："老乡，你们好。"

那五个人骑到我跟前时跳下了车。我很高兴地迎了上去，问："附近有旅店吗？"

他们没有回答，而是问我："车上装的是什么？"

我说："是苹果。"

他们五人推着自行车走到汽车旁，有两个人爬到了汽车上，接着就翻下来十筐苹果，下面三个人把筐盖掀开往他们自己的筐里倒。我一时间还不知道发生了什么，那情景让我目瞪口呆。我明白过来就冲了上去，责问："你们要干什么？"

他们谁也没理睬我，继续倒苹果。我上去抓住其中一个人的手喊道："有人抢苹果啦！"这时有一只拳头朝我鼻子上狠狠地揍来了，我被打出几米远。爬起来用手一摸，鼻子软塌塌的像是挂在脸上，鲜血像是伤心的眼泪一样流。可当我看清打我的那个身强力壮的大汉时，他们五人已经跨上自行车骑走了。

司机此刻正在慢慢地散步，嘴唇翻着大口大口喘气，他刚才大概跑累了。他好像一点也不知道刚才的事。我朝他喊："你的苹果被抢走了！"可他根本没注意我在喊什么，仍在慢慢地散步。我真想上去揍他一拳，也让他的鼻子挂起来。我跑过去对着他的耳朵大喊："你的苹果被抢走了。"他这才转身看起我来，我发现他的表情越来越高兴，我发现他是在看我的鼻子。

这时候，坡上又有很多人骑着自行车下来了，每辆车后面都有两只大筐，骑车的人里面有一些孩子。他们蜂拥而来，又立刻将汽车包围。好些人跳到汽车上面，于是装苹果的箩筐纷纷而下，苹果从一些摔破的筐中像我的鼻血一样流了出来。他们都发疯般往自己筐中装苹果。才一瞬间工夫，车上的苹果全到了地上。那时有几辆手扶拖拉机从坡上隆隆而下，拖拉机也停在汽车旁，跳下一帮大汉开始往拖拉机上装苹果，那些空了的箩筐一只一只被扔了出去。那时的苹果已经满地滚了，所有人都像蛤蟆似的蹲着捡苹果。

我是在这个时候奋不顾身扑上去的，我大声骂着："强盗！"扑了上去。于是有无数拳脚前来迎接，我全身每个地方几乎同时挨了揍。我支撑着从地上爬起来时，几个孩子朝我击来苹果，苹果撞在脑袋上碎了，但脑袋没碎。我正要扑过去揍那些孩子，有一只脚狠狠地踢在我腰部。我想叫唤一声，可嘴巴一张却没有声音。我跌坐在地上，我再也爬不起来了，只能看着他们乱抢苹果。我开始用眼睛去寻找那司机，这家伙此时正站在远处朝我哈哈大笑，我便知道现在自己的模样一定比刚才的鼻子更精彩了。

那个时候我连愤怒的力气都没有了。我只能用眼睛看着这使我愤怒至极的一切。我最愤怒的是那个司机。

坡上又下来了一些手扶拖拉机和自行车，他们也投入到这场抢劫中去。我看到地上的苹果越来越少，看着一些人离去和一些人到来。来迟的人开始在汽车上动手，我看着他们将车窗玻璃卸了下来，将轮胎卸了下来，又将木板撬了下来。轮胎被卸去后的汽车显得特别垂头丧气，它趴在地上。一些孩子则去捡那些刚才被扔出去的箩筐。我看着地上越来越干净，人也越来越少。可我那时只能看着了，因为我连愤怒的力气都没有了。

我坐在地上爬不起来，我只能让目光走来走去。

现在四周空荡荡了，只有一辆手扶拖拉机还停在趴着的汽车旁。有几个人在汽车旁东瞧西望，是在看看还有什么东西可以拿走。看了一阵后才一个一个爬到拖拉机上，于是拖拉机开动了。

这时我看到那个司机也跳到拖拉机上去了，他在车斗里坐下来后还在朝我哈哈大笑。我看到他手里抱着的是我那个红色的背包。他把我的背包抢走了。背包里有我的衣服和我的钱，还有食品和书。可他把我的背包抢走了。

我看着拖拉机爬上了坡，然后就消失了，但仍能听到它的声音，可不一会连声音都没有了。四周一下子寂静下来，天也开始黑下来。我仍在地上坐着，我这时又饥又冷，可我现在什么都没有了。

我在那里坐了很久，然后才慢慢爬起来。我爬起来时很艰难，因为每动一下全身就剧烈地疼痛，但我还是爬了起来。我一拐一拐地走到汽车旁边。那汽车的模样真是惨极了，它遍体鳞伤地趴在那里，我知道自己也是遍体鳞伤了。

天色完全黑了，四周什么都没有，只有遍体鳞伤的汽车和遍体鳞伤的我。我无限悲伤地看着汽车，汽车也无限悲伤地看着我。我伸出手去抚摸它。它浑身冰凉。那时候开始起风了，风很大，山上树叶摇动时的声音像是海涛的声音，这声音使我恐惧，使我也像汽车一样浑身冰凉。

我打开车门钻了进去，座椅没被他们撬去，这让我心里稍稍有了安慰。我就在驾驶室里躺了下来。我闻到了一股漏出来的汽油味，那气味像是我身内流出的血液的气味。外面风越来越大，但我躺在座椅上开始感到暖和一点了。我感到这汽车虽然遍体鳞伤，可它心窝还是健全的，还是暖和的。我知道自己的心窝也是暖和的。我一直在寻找旅店，没想到旅店你竟在这里。

我躺在汽车的心窝里，想起了那么一个晴朗温和的中午，那时的阳光非常美丽。我记得自己在外面高高兴兴地玩了半天，然后我回家了，在窗外看到父亲正在屋内整理一个红色的背包，我扑在窗口问："爸爸，你要出门？"

父亲转过身来温和地说："不，是让你出门。"

"让我出门？"

"是的，你已经十八了，你应该去认识一下外面的世界了。"

后来我就背起了那个漂亮的红背包，父亲在我脑后拍了一下，就像在马屁股上拍了一下，于是我欢快地冲出了家门，像一匹兴高采烈的马一样欢快地奔跑了起来。

一九八六年十一月十六日　北京

西北风呼啸的中午

　　阳光从没有一丝裂隙一点小洞的窗玻璃外面窜了进来，几乎窜到我扔在椅子里的裤子上，那时我赤膊躺在被窝里，右手正在挖右眼角上的眼垢，这是我睡觉时生出来的。现在我觉得让它继续搁在那里是不合适的，但是去粗暴地对待它也没有道理。因此我挖得很文雅。而此刻我的左眼正闲着，所以就打发它去看那裤子。裤子是昨晚睡觉时脱的，现在我很后悔昨晚把它往椅子上扔时扔得太轻率，以至此刻它很狼狈地耷拉着，我的衣服也是那模样。如今我的左眼那么望着它们，竟开始怀疑起我昨夜睡着时是否像蛇一样脱了一层壳，那裤子那衣服真像是这样。这时有一丝阳光来到了裤管上，那一点跳跃的光亮看上去像一只金色的跳蚤。于是我身上痒了起来，便让那闲着的左手去搔，可左手马上就顾不过来了，只能再让右手去帮忙。

　　　　　　　　　　　　　　　　　　　　余华作品

有人在敲门了。

起先我还以为是在敲邻居的门，可那声音却分明是直冲我来。于是我惊讶起来。我想谁会来敲我的门呢？除非是自己，而自己此刻正躺在床上。大概是敲错门了。我就不去答理，继续搔痒。我回想着自己每次在外面兜了一圈回来时，总要在自己门上敲上一阵，直到确信不会有人来开门我才会拿出钥匙。这时那门像是要倒塌似的巨响起来。我知道现在外面那人不是用手而是用脚了，随即还来不及容我考虑对策，那门便沉重地跌倒在地，发出的巨响将我的身体弹了几下。

一个满脸络腮胡子的彪形大汉来到床前，怒气冲冲地朝我吼道："你的朋友快死了，你还在睡觉。"

这个人我从未见过，不知道是谁生的。我对他说："你是不是找错地方了？"

他坚定地回答："绝对不会错。"

他的坚定使我疑惑起来，疑惑自己昨夜是否睡错了地方。我赶紧从床上跳起来，跑到门外去看门牌号码。可我的门牌此刻却躺在屋内。我又重新跑进来，在那倒在地上的门上找到了门牌。上面写着——

虹桥新村 26 号 3 室

我问他："这是不是你刚才踢倒的门？"

他说："是的。"

这就没错了。我对他说："你肯定是找错地方了。"

现在我的坚定使他疑惑了。他朝我瞧了一阵，然后问："你是不是叫余华？"

我说："是的，可我不认识你。"

他听后马上又怒气冲冲地朝我吼了起来："你的朋友快死了！"

"但是我从来就没有什么朋友。"我也吼了起来。

"你胡说，你这个卑鄙的小市民。"他横眉竖眼地说。

我对他说："我不是什么小市民，这一点我屋内堆满的书籍可以向你证明。如果你想把你的朋友硬塞给我，我绝不会要。因为我从来就没有什么朋友。不过……"我缓和了一下口气，继续说，"不过你可以把你的朋友去送给4室，也就是我的邻居，他有很多朋友，我想再增加一个他不会在意的。"

"可他是你的朋友，你休想赖掉。"他朝我逼近一步，像是要把我一口吞了。

"可是他是谁呢？"

他说出了一个我从未听到过的名字。

"我从来就不认识这个人。"我马上喊了起来。

"你这个忘恩负义的小市民。"他伸出像我小腿那么粗的胳膊，想来揪我的头发。

我赶紧缩到床角落里，气急败坏地朝他喊："我不是小市民，我的书籍可以证明。如果你再叫我一声小市民，我就要请你滚出去了。"

他的手突然往下一摆伸进了我的被窝，他那冰冷而有力的手抓住了我温热却软弱的脚了。然后我整个人被他从被窝里提了出来，他将我扔到地上。他说："快点穿衣服，否则我就这么揪着你去了。"

　　我知道跟这家伙再争辩下去是毫无意义的，因为他的力气起码比我大五倍。他会像扔一条裤子似的把我从窗口扔出去。于是我就说："既然一个快死的人想见我，我当然是乐意去的。"说完便从地上爬起来，开始穿衣服。

　　就是这样，在这个见鬼的中午，这个大汉一脚端塌了我的房门，给我送来了一个我根本不想要的朋友，而且还是一个行将死去的朋友。此刻屋外的西北风正呼呼地起劲叫唤着。我没有大衣，没有围巾，也没有手套和帽子。我穿着一身单薄的衣服，就要跟着这个有大衣有围巾，还有手套和帽子的大汉，去见那个不知道是什么模样的朋友。

　　街上的西北风像是吹两片树叶似的把我和大汉吹到了朋友的屋门口。我看到屋门口堆满了花圈。大汉转过脸来无限悲伤地说："你的朋友死了。"

　　我还来不及细想这结果是值得高兴还是值得发愁，就听到了一片嘹亮的哭声。大汉将我推入这哭声中。

　　于是一群悲痛欲绝的男女围了上来，他们用一种令人感动不已的体贴口气对我说："你要想得开一点。"

　　而此时我也只能装作悲伤的样子点着头了。因为此时已没有意思再说那些我真正想说的话。我用手轻轻拍着他们的肩膀，轻轻摸着他们的头发，表示我感谢他们的安慰。我还和几个强壮的男人长久而又有力地握手，同时向他们发誓说我一定会想得开的。

这时一个老态龙钟的女人走了上来，眼泪汪汪地抓着我的手说："我的儿子死了。"

我告诉她："我知道了，我很悲伤，因为这太突然了。"我本来还想说自己昨天还和她儿子一起看太阳。

她于是痛哭起来，她尖利的哭声使我毛骨悚然。我对她说："你要想得开一点。"然后我感到她的哭声轻了下去，她开始用我的手擦她的眼泪。接着她抬起头来对我说："你也要想得开一点。"

我用力地点点头，说："我会想得开的。你可要保重身体。"

她又用我的手去擦眼泪了，她把我的手当成手帕了。她那混浊又滚烫的泪水在我手上一塌糊涂地涂了开来。我想抽回自己的手，可她抓得太紧了。她说："你也要保重身体。"

我说："我会保重身体的，我们都要保重身体。我们要化悲痛为力量。"

她点点头，然后说："我儿子没能等到你来就闭眼了，你不会怪他吧？"

"不会的，我不会怪他。"我说。

她又哇哇地哭开了，哭了一阵她对我说："我只有这么一个儿子，可他死了。现在你就是我的儿子了。"

我使劲将手抽了回来，装作要擦自己的眼泪。我根本没有眼泪。然后我告诉她："其实很久以来我一直把你当成自己的母亲。"我现在只能这样说了。

这句话惹得她更伤心地哭了起来。于是我只好去轻轻拍打她的肩膀，拍到我手酸时她才止住了哭声。然后她牵着我的手来到一个房间的门前，她对我说："你进去陪陪我儿子吧。"

我推开门走了进去，里面空无一人但却有个死人躺着。死人躺在床上，身上盖着一块白布。旁边有一把椅子，像是为我准备的，于是我就坐了上去。

我在死者身旁坐了很久，然后才掀开那白布去看看死者的模样。我看到了一张惨白的脸，在这张脸上很难看出年龄来。这张脸是我从未见到过的。我随即将白布重又盖上，心里想：这就是我的朋友。

我就这样坐在这个刚才看了一眼但又顷刻遗忘的死人身旁。我到这儿来并非是我自愿，我是无可奈何而来。尽管这个我根本没打算接纳的朋友已经死了，可我仍没卸去心上的沉重。因为他的母亲接替了他。一个我素不相识也就谈不上有什么好感的老女人成了我的母亲。她把我的手当成她的手帕让我厌烦，可我只能让她擦，而且当以后任何时候她需要时，我都得恭恭敬敬地将自己的手送上去，却不得有半句怨言。我很清楚接下去我要干些什么。我应该掏出二十元钱去买一个大花圈，我还要披麻戴孝为他守灵，还得必须痛哭一场，还得捧着他的骨灰挽着他的母亲去街上兜圈子。而且当这些全都过去以后，每年清明我都得为他去扫墓。并且将继承他的未竟之业去充当孝子……然而眼下对我来说最重要的是立刻去找个木匠，请他替我装上被那大汉一脚踢倒的房门。可我眼下只能守在这个死鬼身旁。

一九八七年二月十四日

死亡叙述

　　本来我也没准备把卡车往另一个方向开去，所以这一切都是命中注定的。那时候我将卡车开到了一个三岔路口，我看到一个路标朝右指着——千亩荡六十公里。我的卡车便朝右转弯，接下去我就闯祸了。这是我第二次闯祸。第一次是在安徽皖南山区，那是十多年前的事了。那个时候我的那辆解放牌，不是后来这辆黄河，在一条狭窄的盘山公路上，把一个孩子撞到了十多丈下面的水库里。我是没有办法才这样做的。那时我的卡车正绕着公路往下滑，在完成了第七个急转弯后，我突然发现前面有个孩子，那孩子离我只有三四米远，他骑着自行车也在往下滑。我已经没有时间刹车了，唯一的办法就是向左或者向右急转弯。可是向左转弯就会撞在山壁上，我的解放牌就会爆炸，就会熊熊燃烧，不用麻烦火化场，我就变成灰了。而向右转弯，我的解放牌就会一头撞入水库，那么笨重的东西掉进水库时的声响一定很吓人，溅起的水波也一定很肥胖，我除了被水憋死没有第二种可能。总而言之我没有其他办法，只好将那孩子撞到水库里去了。我看到那孩子惊慌地转过头来看了我一眼，那双眼睛又黑又亮。直到很久以后我仍然记得清清楚楚。只要一闭上眼睛，那两颗又黑又亮的东西就会立刻跳出来。那孩子只朝我看了一眼，身体立刻横着抛了起来，他身上的衣服也被风吹得膨胀了，那是一件大人穿的工作服。我听到了一声呼喊："爸爸！"就这么一声，然后什么也没有了。那声音又尖又响，在山中响了两声，第二声是撞在山壁上的回声。回声听上去很不实在，像是从很远的云里飘出来似的。我没有停下车，我当初完全吓傻了。直到卡车离开盘山公路，驰到下面平坦宽阔的马路上时，我才还过魂来，心里惊讶自己竟没从山上摔下去。当我人傻的时候，手却没傻，毕竟我开了多年的卡车了。这事没人知道，我也就不说。我估计那孩子是山上林场里一个工人的儿子。不知后来做父亲的把他儿子从水库里捞上来时是不是哭了？也许那人有很多儿子，死掉一个无所谓吧。山里人生孩子都很旺盛。我想那孩子大概是十四五岁的年龄。他父亲把他养得那么大也不容易，毕竟花了不少钱。那孩子死得可惜，况且还损失了一辆自行车。

这事本来我早就忘了，忘得干干净净。可是我儿子长大起来了，长到十五岁时儿子闹着要学骑车，我就教他。小家伙聪明，没半天就会自个儿转圈子了，根本不用我扶着。我看着儿子的高兴劲，心里也高兴。十五年前小家伙刚生下来时的模样，真把我吓了一跳，他根本不像是人，倒像是从百货商店买来的玩具。那时候他躺在摇篮里总是乱蹬腿，一会儿尿来了，一会儿屎又来了，还放着响亮的屁，那屁臭得奇奇怪怪。可是一晃就那么大了，神气活现地骑着自行车。我这辈子算是到此为止，以后就要看儿子了。我儿子还算不错，挺给我争气，学校的老师总夸他。原先开车外出，心里总惦记着老婆，后来有了儿子就不想老婆了，总想儿子。儿子高高兴兴骑着自行车时，不知是什么原因，鬼使神差地让我想起了那个十多年前被撞到水库里去的孩子。儿子骑车时的背影与那孩子几乎一模一样。尤其是那一头黑黑的头发，简直就是一个人。于是那件宽大的工作服也在脑中飘扬地出现了。最糟糕的是那天我儿子骑车撞到一棵树上时，惊慌地喊了一声"爸爸"。这一声叫得我心里哆嗦起来，那孩子横抛起来掉进水库时的情景立刻清晰在目了。奇怪的是儿子近在咫尺的叫声在我听来十分遥远，仿佛是山中的回声。那孩子消失了多年以后的惊慌叫声，现在却通过我儿子的嘴喊了出来。有一瞬间，我恍若觉得当初被我撞到水库里去的就是自己的儿子。我常常会无端地悲伤起来。那事我没告诉任何人，连老婆也不知道。后来我总是恍恍惚惚的。那个孩子时隔多年之后竟以这样的方式出现，叫我难以忍受。但我想也许过几年会好一点，当儿子长到十八岁以后，我也许就不会再从他身上看到那个孩子的影子了。

与第一次闯祸一样，第二次闯祸前我丝毫没有什么预感。我记得那天天气很好，天空蓝得让我不敢看它。我的心情不好也不坏。我把两侧的窗都打开，衬衣也敞开来，风吹得我十分舒服。

我那辆黄河牌发出的声音像是牛在叫唤，那声音让我感到很结实。我兜风似的在柏油马路上开着快车，时速是六十公里。我看到那条公路像是印染机上的布匹一样在车轮下转了过去。我老婆是印染厂的，所以我这样想。可我才跑出三十公里，柏油马路就到了尽头。而一条千疮百孔的路开始了。那条路像是被飞机轰炸过似的，我坐在汽车里像是骑在马背上，一颤一颤十分讨厌，冷不防还会猛地弹起来。我胃里的东西便横冲直撞了。然后我就停下了车。这时对面驰来一辆解放牌，到了近旁我问那司机说："这是什么路？"那司机说："你是头一次来吧？"我点点头。他又说："难怪你不知道，这叫汽车跳公路。"我坐在汽车里像只跳蚤似的直蹦跳，脑袋能不发昏吗？后来我迷迷糊糊地感到右侧是大海，海水黄黄的一大片，无边无际地在涨潮，那海潮的声响搅得我胃里直翻腾。我感到自己胃里也有那么黄黄的一片。我将头伸出窗外拼命地呕吐，吐出来的果然也是黄黄的一片。我吐得眼泪汪汪，吐得两腿直哆嗦，吐得两侧腰部抽风似的痛，我想要是再这样吐下去，非把胃吐出来不可，所以我就用手去捂住嘴巴。

那时我已经看到前面不远处有一条宽敞的柏油马路，不久以后我的卡车就会逃脱眼下这条汽车跳公路，就会驰到前面那条平坦的马路上去。我把什么东西都吐光了，这样一来反倒觉得轻松，只是全身有气无力。我靠在座椅上颠上颠下，却不再难受，倒是有些自在起来。我望着前面平坦的柏油马路越来越近，我不由心花怒放。然而要命的是我将卡车开到平坦的马路上后，胃里却又翻腾起来了。我知道那是在空翻腾，我已经没什么可吐了。可是空翻腾更让我痛苦。我嘴巴老张着是因为闭不拢，喉咙里发出一系列古怪的声音，好像那里面有一根一寸来长的鱼刺挡着。我知道自己又在拼命呕吐了，可吐出来的只是声音，还有一股难闻的气体。我又眼泪汪汪了，两腿不再是哆嗦而是乱抖了，两侧腰部的抽风让我似乎听到两个肾脏在呻吟。发苦的口水从嘴角滴了出来，又顺着下巴往下淌，不一会就经过脖子来到了胸膛上，然后继续往下发展，最后停滞在腰部，那个抽风的地方。我觉得那口水冰凉又黏糊，很想用手去擦一下，可那时连这点力气都没有了。

就是在那个时候我看到一个人影在前面闪了一下，我脑袋里"嗡"的一声。虽然我已经晕头转向，已经四肢无力，可我知道发生了什么。我也不知道什么时候力气重又回来了，我踩住了刹车，卡车没有滑动就停了下来。但是那车门让我很久都没法打开，我的手一个劲地哆嗦。我看到有一辆客车从我旁边驰过，很多旅客都在车窗内看我的汽车。我想他们准是看到了，所以就松了手，呆呆地坐在座椅上，等着客车在不远处停下来，等着他们跑过来。可是很久后，他们也没有跑过来。那时有几个乡下妇女朝我这里走来，她们也盯着我的卡车看，我想这次肯定被看到了，她们肯定就要发出那种怪模怪样的叫声，可是她们竟然没事一样走了过去。于是我疑惑起来，我怀疑自己刚才是不是眼花了。接着我很顺当地将车门打开，跑到车前看了看，什么也没有，又绕着车子走了两圈，仍然什么也没看到。这下我才放心，肯定自己刚才是眼花了。我不禁长长地松了口气，这样一来我又变得有气无力了。如果后来我没看到车轮上有血迹，而是钻进驾驶室继续开车的话，也许就没事了。可是我看到了。不仅看到，而且还用手去沾了一下车轮上的血迹，血迹是湿的。我就知道自己刚才没有眼花。于是我就趴到地上朝车底下张望，看到里面蜷曲地躺着一个女孩子。然后我重又站起来，茫然地望着四周，等着有人走过来发现这一切。那是夏天里的一个中午，太阳很懒地晒下来，四周仿佛都在冒烟。我看到公路左侧有一条小河，河水似乎没有流动，河面看去像是长满了青苔。一座水泥桥就在近旁，桥只有一侧有栏杆。一条两旁长满青草的泥路向前延伸，泥路把我的目光带到了远处，那地方有几幢错落的房屋，似乎还有几个人影。我这样等了很久，一个人都没有出现。我又盯着车轮上的血迹看，看了很久才发现血迹其实不多，只有几滴。于是我就去抓了一把土，开始慢吞吞地擦那几滴血迹，擦到一半时我还停下来点燃了一根烟，然后再擦。等到将血擦净后我才如梦初醒。我想快点逃吧，还磨蹭什么。我立刻上了车。然而当我关上车门，将汽车发动起来后，我蓦然看到前面有个十四五岁的男孩，穿着宽大的工作服骑着自行车。那个十多年前被我撞到水库里去的孩子，偏偏在那个时候又出现了。这一切都是命中注定的。尽管眼前的情景只是闪一下就匆忙地消失了，可我没法开着汽车跑了。我下了车，从车底下把那个女孩拖了出来。那女孩的额头破烂不堪，好在血还在从里面流出来，呼吸虽然十分虚弱，但总算仍在继续着。她还睁着眼睛，那双眼睛又黑又亮，仿佛是十多年前的那双眼睛。我把她抱在怀中，然后朝那座只有一侧栏杆的水泥桥上走去，接着我走到了那条泥路上。我感到她软软的身体非常烫，她长长的黑发披落下来，像是柳枝一样搁在我的手臂上。那时我心里无限悲伤，仿佛撞倒的是自己的孩子。我抱着她时，她把头偎在我胸前，那模样真像是我自己的孩子。我就这样抱着她走了很久，刚才站在公路上看到的几幢房屋现在大了很多了，但是刚才看到的人影现在却没有出现。我心里突然涌上来一股激动，我依稀感到自己正在做一件了不起的事。我仿佛回到了十多年前那次车祸上，仿佛那时我没有开车逃跑，而是跳入水库把那男孩救了上来。我手中抱着的似乎就是那个穿着宽大工作服的男孩。那黑黑的长发披落在手臂上，让我觉得十多年过去后男孩的头发竟这么长了。

我走到了那几幢房屋的近旁，于是我才发现里面还有很多房屋。一棵很大的树木挡住了我的去路，树阴里坐着一个上身赤裸的老太太，两只干瘪的乳房一直垂落到腰间，她正看着我。我就走过去，问她医院在什么地方。她朝我手中的女孩望了一眼后，立刻怪叫了一声：

"作孽啊！"

她那么一叫，才让我清醒过来。我才意识到刚才不逃跑是一个很大的错误，但已经来不及了。我低头看了看怀中的女孩，她那破烂的额头不再流血了，那长长的黑发也不再飘动，黑发被血凝住了。我感到她的身体正在迅速地凉下去，其实那是我的心在迅速地凉下去。我再次问老太太，医院在什么地方？而她又是一声怪叫。我想她是被这惨情吓傻了，我知道再问也不会有回答。我就绕过眼前这棵大树朝里面走去。可老太太却跟了上来，一声一声地喊着："作孽啊！"不一会她就赶到了我的前面，她在前面不停地叫喊着，那声音像是打破玻璃一样刺耳。我看到有几头小猪在前面蹿了过去。这时又有几个老太太突然出现了，她们来到我跟前一看也都怪叫了起来："作孽啊！"于是我就跟在这些不停叫唤着的老太太后面走着。那时我心里一片混乱，我都不知道自己这么走着是什么意思。没多久，我前后左右已经拥着很多人了，我耳边尽是乱糟糟的一片人声，我什么也听不进去，我只是看到这些人里男女老少都有。那时候我似乎明白了自己是在乡村里，我怎么会到乡村里来找医院？我觉得有些滑稽。然后我前面的路被很多人挡住了，于是我就转过身准备往回走，可退路也被挡住了。接着我发现自己是站在一户人家的晒谷场前，眼前那幢房屋是二层的楼房，看上去像是新盖的。那时从那幢房屋里蹿出一条大汉，他一把夺过我手中的女孩，他后面跟着一个女人和一个十来岁的男孩。接着他们一转身又蹿进了那幢房屋。他们的动作之迅速，使我眼花缭乱。手中的女孩被夺走后，我感到轻松了很多，我觉得自己该回到公路上去了。可是当我转过身准备走的时候，有一个人朝我脸上打了一拳，这一拳让我感到像是打在一只沙袋上，发出的声音很沉闷。于是我又重新转回身去，重新看着那幢房屋。那个十来岁的男孩从里面蹿出来，他手里高举着一把亮闪闪的镰刀。他扑过来时镰刀也挥了下来，镰刀砍进了我的腹部。那过程十分简单，镰刀像是砍穿一张纸一样砍穿了我的皮肤，然后就砍断了我的盲肠。接着镰刀拔了出去，镰刀拔出去时不仅划断了我的直肠，而且还在我腹部划了一道长长的口子，于是里面的肠子一拥而出。当我还来不及用手去捂住肠子时，那个女人挥着一把锄头朝我脑袋劈了下来，我赶紧歪一下脑袋，锄头劈在了肩胛上，像是砍柴一样地将我的肩胛骨砍成了两半。我听到肩胛骨断裂时发出的"吱呀"一声，像是打开一扇门的声音。大汉是第三个蹿过来的，他手里挥着的是一把铁镐。那女人的锄头还没有拔出时，铁镐的四个齿已经砍入了我的胸膛。中间的两个铁齿分别砍断了肺动脉和主动脉，动脉里的血"哗"地一下涌了出来，像是倒出去一盆洗脚水似的。而两旁的铁齿则插入了左右两叶肺中。左侧的铁齿穿过肺后又插入了心脏。随后那大汉一用手劲，铁镐被拔了出去，铁镐拔出后我的两个肺也随之荡到胸膛外面去了。然后我才倒在了地上，我仰脸躺在那里，我的鲜血往四周爬去。我的鲜血很像一棵百年老树隆出地面的根须。我死了。

一九八六年十一月

余华作品

爱情故事

　　一九七七年的秋天和两个少年有关。在那个天空明亮的日子里，他们乘坐一辆嘎吱作响的公共汽车，去四十里以外的某个地方。车票是男孩买的，女孩一直躲在车站外的一根水泥电线杆后。在她的四周飘扬着落叶和尘土，水泥电线杆发出的嗡嗡声覆盖着周围错综复杂的声响，女孩此刻的心情像一页课文一样单调，她偷偷望着车站敞开的小门，她的目光平静如水。

　　然后男孩从车站走了出来，他的脸色苍白而又憔悴。他知道女孩躲在何处，但他没有看她。他往那座桥的方向走了过去，他在走过去时十分紧张地左顾右盼。不久之后他走到了桥上，他心神不安地站住了脚，然后才朝那边的女孩望了一眼。他看到女孩此刻正看着自己，他便狠狠地盯了她一眼，可她依旧看着他。他非常生气地转过脸去。在此后的一段时间里，他一直站在桥上，他一直没有看她。但他总觉得她始终都在看着自己，这个想法使他惊慌失措。后来他确定四周没有熟人，才朝她走去。

他走过去时的胆战心惊，她丝毫不觉。她看到这个白皙的少年在阳光里走来时十分动人。她内心微微有些激动，因此她脸上露出了笑容。然而他走到她身旁后却对她的笑容表示了愤怒，他低声说：

"这种时候你还能笑？"

她的美丽微笑还未成长便被他摧残了。她有些紧张地望着他，因为他的神色有些凶狠。这种凶狠此刻还在继续下去，他说：

"我说过多少次，你不要看我，你要装着不认识我。你为什么看我？真讨厌。"

她没有丝毫反抗的表示，只是将目光从他脸上无声地移开。她看着地上一片枯黄的树叶，听着他从牙缝里出来的声音。他告诉她：

"上车以后你先找到座位坐下，如果没有熟人，我就坐到你身旁。如果有熟人，我就站在车门旁。记住，我们互相不要说话。"

他将车票递了过去，她拿住后他就走开了。他没有走向候车室，而是走向那座桥。

这个女孩在十多年之后接近三十岁的时候，就坐在我的对面。我们一起坐在一间黄昏的屋子里，那是我们的寓所。我们的窗帘垂挂在两端，落日的余晖在窗台上飘拂。她坐在窗前的一把椅子里，正在织一条天蓝色的围巾。此刻围巾的长度已经超过了她的身高，可她还在往下织。坐在她对面的我，曾在一九七七年的秋天与她一起去那个四十里以外的地方。我们在五岁的时候就相互认识，这种认识经过长途跋涉以后，导致了婚姻的出现。我们的第一次性生活是在我们十六岁行将结束时完成的。她第一次怀孕也是在那时候。她此刻坐在窗前的姿势已经重复了五年，因此我看着她的目光怎么还会有激情？多年来，她总是在我眼前晃来晃去，这种晃来晃去使我沮丧无比。我的最大错误就是在结婚的前一夜，没有及时意识到她一生都将在我眼前晃来晃去。所以我的生活才变得越来越陈旧。现在她在织着围巾的时候，我手里正拿着作家洪峰的一封信。洪峰的美妙经历感动了我，我觉得自己没有理由将这种旧报纸似的生活继续下去。

因此我像她重复的坐姿一样重复着现在的话，我不断向她指明的，是青梅竹马的可怕。我一次又一次地问她：

"难道你不觉得我太熟悉了吗？"

但她始终以一种迷茫的神色望着我。

我继续说："我们从五岁的时候就认识了，二十多年后我们居然还在一起。我们谁还能指望对方来改变自己呢？"

她总是在这个时候表现出一些慌乱。

"你对我来说，早已如一张贴在墙上的白纸一样一览无余。而我对于你，不也同样如此？"

我看到她眼泪流下来时显得有些愚蠢。

我仍然往下说："我们唯一可做的事只剩下回忆过去。可是过多的回忆，使我们的过去像每日的早餐那样，总在预料之中。"

我们的第一次性生活是我们十六岁行将结束时完成的。在那个没有月光的夜晚，我们在学校操场中央的草地上，我们颤抖不已地拥抱在一起，是因为我们胆战心惊。不远的那条小路上，有拿着手电走过的人，他们的说话声在夜空里像匕首一样锋利，好几次都差点使我仓皇而逃。只是因为我被她紧紧抱住，才使我现在回忆当初的情景时，没有明显地看到自己的狼狈。

我一想到那个夜晚就会感受到草地上露珠的潮湿，当我的手侵入她的衣服时，她热烈的体温使我不停地打寒战。我的手在她的腹部往下进入，我开始感受到如草地一样的潮湿了。起先我什么都不想干，我觉得抚摸一下就足够了。可是后来我非常想看一眼，我很想知道那地方是怎么回事。但是在那个没有月光的夜晚，我凑过去闻到的只是一股平淡的气味。在那个黑乎乎潮湿的地方所散发的气味，是我以前从未闻到过的气味。然而这种气味并未像我以前想象的那么激动人心。尽管如此，在不久之后我还是干了那桩事。欲望的一往无前差点毁了我，在此后很多的日子里，我设计了多种自杀与逃亡的方案。在她越来越像孕妇的时候，我接近崩溃的绝望使我对当初只有几分钟天旋地转般的快乐痛恨无比。在一九七七年秋天的那一日，我与她一起前往四十里以外的那个地方，我希望那家坐落在马路旁的医院能够证实一切都是一场虚惊。

她面临困难所表现出来的紧张，并未像我那样来势凶猛。当我提出应该去医院检查一下时，她马上想起那个四十里以外的地方。她当时表现的冷静与理智使我暗暗有些吃惊。她提出的这个地方向我暗示了一种起码的安全，这样将会没人知道我们所进行的这次神秘的检查。可是她随后颇有激情地提起五年前她曾去过那个地方，她对那个地方街道的描述，以及泊在海边退役的海轮的抒情，使我十分生气。我告诉她我们准备前往并不是为了游玩，而是一次要命的检查。这次检查关系到我们是否还能活下去。我告诉她这次检查的结果若证实她确已怀孕，那么我们将被学校开除，将被各自的父母驱出家门。有关我们的传闻将像街上的灰尘一样经久不息。我们最后只能：

"自杀。"

她只有在这个时候才显得惊慌失措。几年以后她告诉我，我当时的脸色十分恐怖。我当时对我们的结局的设计，显然使她大吃一惊。可是她即使在惊慌失措的时候也从不真正绝望。她认为起码是她的父母不会把她驱出家庭，但她承认她的父母会惩罚她。她安慰我：

"惩罚比自杀好。"

那天我是最后一个上车的，我从后面看着她上车，她不停地向我回身张望。我让她不要看我，反复提醒在她那里始终是一页白纸。我上车的时候汽车已经发动起来。我没有立刻走向我的座位，而是站在门旁，我的目光在车内所有的脸上转来转去，我看到起码有二十张曾经见过的脸。因此我无法走向自己的座位，我只能站在这辆已经行驶的汽车里。我看着那条破烂不堪的公路怎样捉弄着我们的汽车。我感到自己像是被装在瓶子里，然后被人不停地摇晃。后来我听到她在叫我的声音，她的声音使我蓦然产生无比的恐惧。我因为她的不懂事而极为愤怒，我没有答理。我希望她因此终止那种叫声，可是她那种令人讨厌的叫声却不停地重复着。我只能转过头去，我知道自己此刻的脸色像路旁的杂草一样青得可怕。

然而她脸上却洋溢着天真烂漫的笑容，她佯装吃惊的样子表示了她与我是意外相遇。然后她邀请我坐在她身旁的空座位上。我只能走过去。我在她身旁坐下以后感到她的身体有意紧挨着我。她说了很多话，可我一句都没有听进去，我为了掩饰只能不停地点头。这一切使我心烦意乱。那时候她偷偷捏住了我的手指，我立刻甩开她的手。在这种时候她居然还会这样，真要把我气疯过去。此刻她才重视我的愤怒，她不再说话，自然也不会伸过手来。她似乎十分委屈地转过脸去，望着车外萧瑟的景色。然而她的安静并未保持多久，在汽车一次剧烈的震颤后，她突然咻咻笑了起来。接着凑近我偷偷说：

"腹内的小孩震出来了。"

她的玩笑只能加剧我的气愤，因此我凑近她咬牙切齿地低声说：

"闭上你的嘴。"

后来我看到了几艘泊在海边的轮船，有两艘已被拆得惨不忍睹，只有一艘暂且完整无损。有几只灰色的鸟在海边水草上盘旋。

汽车在驶入车站大约几分钟以后，两个少年从车站出口处走了出来。那时候一辆卡车从他们身旁驶过，扬起的灰尘将他们的身体涂改了一下。

男孩此刻铁青着脸，他一声不吭地往前走。女孩似乎有些害怕地跟在他身后，她不时偷偷看他侧面的脸色。男孩在走到一条胡同口时，没有走向医院的方向，而是走入了胡同。女孩也走了进去。男孩一直走到胡同的中央才站住脚，女孩也站住了脚。他们共同看着一个中年的女人走来，又看着她走出胡同。然后男孩低声吼了起来：

"你为什么叫我？"

女孩委屈地看着他，然后才说：

"我怕你站着太累。"

男孩继续吼道：

"我说过多少次了，你别看我。可你总看我，而且还叫我的名字，用手捏我。"

这时有两个男人从胡同口走来，男孩不再说话，女孩也没有辩解。那两个男人从他们身边走过时，兴趣十足地看了他们一眼。两个男人走过去以后，男孩就往胡同口走去了，女孩迟疑了一下也跟了上去。

他们默不作声地走在通往医院的大街上。男孩此刻不再怒气冲冲，在医院越来越接近的时候，他显得越来越忧心忡忡。他转过脸去看着身旁的女孩，女孩的双眼正望着前方。从她有些迷茫的眼神里，他感到医院就在前面。

然后他们来到了医院的门诊部，挂号处空空荡荡。男孩此刻突然胆怯起来，他不由走出门厅，站在外面。他这时突然害怕地感到自己会被人抓住，他没有丝毫勇气进入眼下的冒险。当女孩也走出门厅时，他找到了掩盖自己胆怯的理由，他要让女孩独自去冒险，而自已则随时准备逃之夭夭。他告诉她：他继续陪着她实在太危险，别人一眼就会看出这两个少年干了什么坏事。他让她：

"你一个人去吧。"

她没有表示异议，点了点头后就走了进去。他看着她走到挂号处的窗前，她从口袋里掏出钱来时没有显出一丝紧张。他听到她告诉里面的人她叫什么名字，她二十岁。名字是假的，年龄也是假的。这些他事先并未设计好。然后他听到她说：

"妇科。"

这两个字使他不寒而栗，他感到她的声音有些疲倦。接着她离开窗口转身看了他一眼，随后走上楼梯。她手里拿着的病历在上楼时摇摇晃晃。

男孩一直看着她的身影在楼梯上消失，然后才将目光移开。他感到心情越来越沉重，呼吸也困难起来。他望着大街上的目光在此刻杂乱无章。他在那里站了好长一段时间，那个楼梯总有人下来，可是她一直没有下来。他不由害怕起来，他感到自己所干的事已在这个楼上被揭发。这个想法变得越来越真实，因此他也越发紧张。他决定逃离这个地方，于是便往大街对面走去，他在横穿大街时显得失魂落魄。他来到街对面后，没有停留，而是立刻钻入一家商店。

那是一家杂货店，一个丑陋不堪的年轻女子站在柜台内一副无所事事的模样。另一边有两个男人在拉玻璃，他便走到近旁看着他们。同时不时地往街对面的医院望上一眼。那是一块青色的玻璃，两个男人都在抽烟，因此玻璃上有几堆小小的烟灰。两个男人那种没有心事的无聊模样，使他更为沉重。他看着钻石在玻璃上划过时出现一道白痕，那声音仿佛破裂似的来回响着。

不久后女孩出现在街对面，她站在一棵梧桐树旁有些不知所措地在寻找男孩。男孩透过商店布满灰尘的窗玻璃看到了她。他看到女孩身后并未站着可疑的人，于是立刻走出商店。他在穿越街道时，她便看到了他。待他走到近旁，她向他苦笑一下，低声说：

"有了。"

男孩像一棵树一样半晌没有动弹，仅有的一丝希望在此刻彻底破灭了。他望着眼前愁眉不展的女孩说：

"怎么办呢？"

女孩轻声说："我不知道。"

男孩继续说："怎么办呢？"

女孩安慰他："别去想这些了，我们去那些商店看看吧。"

男孩摇摇头，说："我不想去。"

女孩不再说话，她看着大街上来往的车辆，几个行人过来时发出嘻嘻笑声。他们过去以后，女孩再次说：

"去商店看看吧。"

男孩还是说："我不想去。"

他们一直站在那里，很久以后男孩才有气无力地说："我们回去吧。"

女孩点点头。

然后他们往回走去。走不多远，在一家商店前，女孩站住了脚，她拉住男孩的衣袖，说道：

　　"我们进去看看吧。"

　　男孩迟疑了一会儿就和她一起走入商店。他们在一条白色的学生裙前站了很久，女孩一直看着这条裙子，她告诉男孩：

　　"我很喜欢这条裙子。"

　　女孩的嗓音在十六岁时已经固定下来。在此后的十多年里，她的声音几乎每日都要在我的耳边盘旋。这种过于熟悉的声音，已将我的激情清扫。因此在此刻的黄昏里，我看着坐在对面的妻子，只会感到越来越疲倦。她还在织着那条天蓝色的围巾。她的脸依然还是过去的脸。只是此刻的脸已失去昔日的弹性。她脸上的皱纹是在我的目光下成长起来的，我熟悉它们犹如熟悉自己的手掌。现在她开始注意我的话了。

　　"在你还没有说话的时候，我就知道你要说什么；在每天中午十一点半和傍晚五点的时候，我知道你要回家了。我可以在一百个女人的脚步声里，听出你的声音。而我对你来说，不也同样如此？"

　　她停止了织毛衣的动作，她开始认真地望着我。

　　我继续说："因此我们互相都不可能使对方感到惊喜。我们最多只能给对方一点高兴，而这种高兴在大街上到处都有。"

　　这时她开口说话了，她说：

　　"我明白你的意思了。"

　　"是吗？"我不知道该如何对付她这句话，所以我只能这么说。

　　　　　　　　　　　　　　　　　　　　　　| 余华作品

她又说："我明白你的意思了。"

我看到她的眼泪流了出来。

她说："你是想把我一脚踢开。"

我没有否认，而是说："这话多难听。"

她又重复道："你想把我一脚踢开。"她的眼泪在继续流。

"这话太难听了。"我说。然后我建议道：

"让我们共同来回忆一下往事吧。"

"是最后一次吗？"她问。

我回避她的问话，继续说："我们的回忆从什么时候开始呢？"

"是最后一次吧？"她仍然这样问。

"从一九七七年的秋天开始吧。"我说，"我们坐上那辆嘎吱作响的汽车，去四十里以外的那个地方，去检查你是否已经怀孕，那个时候我可真是失魂落魄。"

"你没有失魂落魄。"她说。

"你不用安慰我，我确实失魂落魄了。"

"不，你没有失魂落魄。"她再次这样说，"我从认识你到现在，你只有一次失魂落魄。"

我问："什么时候？"

"现在。"她回答。

一九八九年三月二十三日

命中注定

现　在

这一天阳光明媚，风在窗外唑唑响着，春天已经来到了。刘冬生坐在一座高层建筑的第十八层的窗前，他楼下的幼儿园里响着孩子们盲目的歌唱，这群一无所知的孩子以兴致勃勃的歌声骚扰着他，他看到护城河两岸的树木散发着绿色，很多出租车夹杂着几辆卡车正在驶去。更远处游乐园的大观览车缓慢地移动着，如果不是凝神远眺，是看不出它的移动的。

就在这样的时刻，一封用黑体字打印的信来到了他手中，这封信使他大吃一惊。不用打开，信封上的文字已经明确无误地告诉他，他的一个一起长大的伙伴死了。信封的落款处印着：陈雷治丧委员会。

　　　　　　　　　　　　　　　　　　　　　　　　　　余华作品

他昔日伙伴中最有钱的人死于一起谋杀，另外的伙伴为这位腰缠万贯的土财主成立了一个治丧委员会，以此来显示死者生前的身份。他们将令人不安的讣告贴在小镇各处，据说有三四百份，犹如一场突然降临的大雪，覆盖了那座从没有过勃勃生机的小镇。让小镇上那些没有激情、很少有过害怕的人，突然面对如此众多的讣告，实在有些残忍。他们居住的胡同，他们的屋前，甚至他们的窗户和门上，贴上了噩耗。讣告不再是单纯的发布死讯，似乎成为邀请——你们到我这里来吧。

　　小镇上人们内心的愤怒和惊恐自然溢于言表，于是一夜之间这些召唤亡灵的讣告荡然无存了。可是他们遭受的折磨并未结束，葬礼那天，一辆用高音喇叭播送哀乐的卡车在镇上缓慢爬行，由于过于响亮，哀乐像是进行曲似的向火化场前进。

　　刘冬生在此后的半个月里，接连接到过去那些伙伴的来信，那些千里之外的来信所说的都是陈雷之死，和他死后的侦破。

　　陈雷是那个小镇上最富有的人，他拥有两家工厂和一家在镇上装修得最豪华的饭店。他后来买下了汪家旧宅，那座一直被视为最有气派的房屋。五年前，刘冬生回到小镇过春节时，汪家旧宅正在翻修。刘冬生在路上遇到一位穿警服的幼时伙伴，问他在哪里可以找到陈雷，那个伙伴说："你去汪家旧宅。"

　　刘冬生穿越了整个小镇，当他应该经过一片竹林时，竹林已经消失了，替代竹林的是五幢半新不旧的住宅楼。他独自一人来到汪家旧宅，看到十多个建筑工人在翻修它，旧宅的四周搭起了脚手架。他走进院门，上面正扔下来瓦片，有个人在上面喊："你想找死。"

喊声制止了刘冬生的脚步。刘冬生站了一会，扔下的瓦片破碎后溅到了他的脚旁，他从院门退了出来，在一排堆得十分整齐的砖瓦旁坐下。他在那里坐了很久以后，才看到陈雷骑着一辆摩托车来到。

身穿皮夹克的陈雷停稳摩托车，掏出香烟点燃后似乎看了刘冬生一眼，接着朝院门走去，走了几步又回过头来看刘冬生。这次他认出来了，他咧嘴笑了，刘冬生也笑了。陈雷走到刘冬生身旁，刘冬生站起来，陈雷伸手搂住他的肩膀说："走，喝酒去。"

现在，陈雷已经死去了。

从伙伴的来信上，刘冬生知道那天晚上陈雷是一人住在汪家旧宅的，他的妻子带着儿子回到三十里外的娘家去了。陈雷是睡着时被人用铁榔头砸死的，从脑袋开始一直到胸口，到处都是窟窿。

陈雷的妻子是两天后的下午回到汪家旧宅的，她先给陈雷的公司打电话，总经理的助手告诉她，他也在找陈雷。

他妻子知道他已有两天不知去向后吃了一惊。女人最先的反应便是走到卧室，在那里她看到了陈雷被榔头砸过后惨不忍睹的模样，使她的尿一下子冲破裤裆直接到了地毯上，随后昏倒在地，连一声喊叫都来不及发出。

陈雷生前最喜欢收集打火机。警察赶到现场后，发现什么都没有少，只有他生前收集到的五百多种打火机，从最廉价的到最昂贵的全部被凶手席卷走了。

现在，远在千里之外的刘冬生，翻阅着那些伙伴的来信，侦破直到这时尚无结果，那些信都是对陈雷死因的推测，以及对嫌疑犯的描述。从他们不指名道姓的众多嫌疑者的描述中，刘冬生可以猜测到其中两三个人是谁，但是他对此没有兴趣。他对这位最亲密伙伴的死，有着自己的想法。他回忆起了三十年前。

三 十 年 前

石板铺成的街道在雨后的阳光里湿漉漉的，就像那些晾在竹竿上的塑料布。街道上行走的脚和塑料布上的苍蝇一样多。两旁楼上的屋檐伸出来，几乎连接到一起。在那些敞开的窗户下，晾满了床单和衣服。几根电线从那里经过，有几只麻雀叽叽喳喳地来到，栖落在电线上，电线开始轻微地上下摆动。

一个名叫刘冬生的孩子扑在一个窗户上，下巴搁在石灰的窗台上往下面望着，他终于看到那个叫陈雷的孩子走过来了。陈雷在众多大人的腿间无精打采地走来，他东张西望，在一家杂货店前站一会，手在口袋里摸索了半响，拿出什么吃的放入嘴中，然后走了几步站在了一家铁匠铺子前，里面一个大人在打铁的声响里喊道：

"走开，走开。"

他的脑袋无可奈何地转了过来，又慢吞吞地走来了。

刘冬生每天早晨，当父母咔嚓一声在门外上了锁之后，便扑到了窗台上，那时候他便会看到住在对面楼下的陈雷跟着父母走了出来。陈雷仰着脑袋看他父母锁上门。他父母上班走去时总是对他喊：

"别到河边去玩。"

陈雷看着他们没有做声，他们又喊：

"听到了吗？陈雷。"

陈雷说："听到了。"

那时候刘冬生的父母已经走下楼梯，走到了街上。他父母回头看到了刘冬生，就训斥道："别扑在窗前。"

刘冬生赶紧缩回脑袋，他的父母又喊：

"刘冬生，别在家里玩火。"

刘冬生嗯地答应了一声。过了一会，刘冬生断定去上班的父母已经走远，他重新扑到窗前，那时候陈雷也走远了。

此刻陈雷站在了街道中央的一块石板上，他的身体往一侧猛地使劲，一股泥浆从石板下冲出，溅到一个大人的裤管上，那个大人一把捏住陈雷的胳膊：

"你他娘的。"

陈雷吓得用手捂住了脸，眼睛也紧紧闭上，那个脸上长满胡子的男人松开了手，威胁道："小心我宰了你。"

说完他扬长而去，陈雷却是惊魂未定，他放下了手，仰脸看着身旁走动的大人，直到他发现谁也没在意他刚才的举动，才慢慢地走开，那弱小的身体在强壮的大人中间走到了自己屋前。他贴着屋门坐到了地上，抬起两条胳膊揉了揉眼睛，然后仰起脸打了个呵欠，打完呵欠他看到对面楼上的窗口，有个孩子正看着他。

刘冬生终于看到陈雷在看他了，他笑着叫道：

"陈雷。"

陈雷响亮地问："你怎么知道我的名字？"

刘冬生嘻嘻笑着说："我知道。"

两个孩子都笑了，他们互相看了一阵后，刘冬生问：

"你爹妈为什么每天都把你锁在屋外？"

陈雷说："他们怕我玩火把房子烧了。"

说完陈雷问："你爹妈为什么把你锁在屋里？"

刘冬生说："他们怕我到河边玩会淹死。"

两个孩子看着对方，都显得兴致勃勃。陈雷问："你多大了？"

"我六岁了。"刘冬生回答。

"我也六岁。"陈雷说，"我还以为你比我大呢。"

刘冬生咯咯笑道："我踩着凳子呢。"

街道向前延伸，在拐角处突然人群拥成一团，几个人在两个孩子眼前狂奔过去，刘冬生问："那边出了什么事？"

陈雷站起来说："我去看看。"

刘冬生把脖子挂在窗外，看着陈雷往那边跑去。那群叫叫嚷嚷的人拐上了另一条街，刘冬生看不到他们了，只看到一些人跑去，也有几个人从那边跑出来。陈雷跑到了那里，一拐弯也看不到了。

过了一会，陈雷呼哧呼哧地跑了回来，他仰着脑袋喘着气说：

"他们在打架，有一个人脸上流血了，好几个人都撕破了衣服，还有一个女的。"

刘冬生十分害怕地问："打死人了吗？"

"我不知道。"陈雷摇摇头说。

两个孩子不再说话,他们都被那场突然来到的暴力笼罩着。很久以后,刘冬生才说话:"你真好!"

陈雷说:"好什么?"

"你想去哪里都能去,我去不了。"

"我也不好。"陈雷对他说,"我困了想睡觉都进不了屋。"

刘冬生更为伤心了,他说:"我以后可能看不见你了,我爹说要把这窗户钉死,他不准我扑在窗口,说我会掉下来摔死的。"

陈雷低下了脑袋,用脚在地上划来划去,划了一会他抬起头来问:"我站在这里说话你听得到吗?"

刘冬生点点头。

陈雷说:"我以后每天都到这里来和你说话。"

刘冬生笑了,他说:"你说话要算数。"

陈雷说:"我要是不到这里来和你说话,我就被小狗吃掉。"陈雷接着问:"你在上面能看到屋顶吗?"

刘冬生点点头说:"看得到。"

"我从没见过屋顶。"陈雷悲哀地说。

刘冬生说:"它最高的地方像一条线,往这边斜下来。"

两个孩子的友谊就是这样开始的,他们每天都告诉对方看不到的东西,刘冬生说的都是来自天空的事,地上发生的事由陈雷来说。他们这样的友谊经历了整整一年。后来有一天,刘冬生的父亲将钥匙忘在了屋中,刘冬生把钥匙扔给了陈雷,陈雷跑上楼来替他打开了门。

就是那一天，陈雷带着刘冬生穿越了整个小镇，又走过了一片竹林，来到汪家旧宅。

汪家旧宅是镇上最气派的一所房屋，在过去的一年里，陈雷向刘冬生描绘得最多的，就是汪家旧宅。

两个孩子站在这所被封起来的房子围墙外，看着麻雀一群群如同风一样在高低不同的屋顶上盘旋。石灰的墙壁在那时还完好无损，在阳光里闪闪发亮。屋檐上伸出的瓦都是圆的，里面像是有各种图案。

陈雷对看得发呆的刘冬生说：

"屋檐里有很多燕子窝。"

说着陈雷捡起几块石子向屋檐扔去，扔了几次终于打中了，里面果然飞出了小燕子，叽叽喳喳惊慌地在附近飞来飞去。

刘冬生也捡了石子朝屋檐扔去。

那个下午，他们绕着汪家旧宅扔石子，把所有的小燕子都赶了出来。燕子不安的鸣叫持续了一个下午。到夕阳西下的时候，两个精疲力竭的孩子坐在一个土坡上，在附近农民收工的吆喝声里，看着那些小燕子飞回自己的窝。一些迷途的小燕子找错了窝连续被驱赶出来，在空中悲哀地鸣叫，直到几只大燕子飞来把它们带走。

陈雷说："那是它们的爹妈。"

天色逐渐黑下来的时候，两个孩子还没记起来应该回家，他们依旧坐在土坡上，讨论着是否进这座宽大的宅院去看看。

"里面会有人吗？"刘冬生问。

陈雷摇摇脑袋说："不会有人，你放心吧，不会有人赶我们出来的。"

"天都要黑了。"

陈雷看看正在黑下来的天色，准备进去的决心立刻消亡了。他的手在口袋里摸索了一阵，拿出什么放入嘴中吃起来。

刘冬生吞着口水问他："你吃什么？"

陈雷说："盐。"

说着，陈雷的手在口袋的角落摸了一阵，摸出一小粒盐放到刘冬生嘴中。

这时，他们似乎听到一个孩子的喊叫："救命。"

他们吓得一下子站起来，互相看了半晌，刘冬生嗫嗫地说："刚才是你喊了吗？"

陈雷摇摇头说："我没喊。"

话音刚落，那个和陈雷完全一样的嗓音在那座昏暗的宅院里又喊道："救命。"

刘冬生脸白了，他说："是你的声音。"

陈雷睁大眼睛看着刘冬生，半晌才说："不是我，我没喊。"

当第三声"救命"的呼叫出来时，两个孩子已在那条正弥漫着黑暗的路上逃跑了。

一九九二年七月

　　　　　　　　　　　　　　余华作品

两个人的历史

一

一九三〇年八月，一个名叫谭博的男孩和一个名叫兰花的女孩，共同坐在阳光无法照耀的台阶上。他们的身后是一扇朱红的大门，门上的铜锁模拟了狮子的形状。作为少爷的谭博和作为女佣女儿的兰花，时常这样坐在一起。他们的身后总是飘扬着太太的嘟哝声，女佣在这重复的声响里来回走动。

两个孩子坐在一起悄悄谈论着他们的梦。

谭博时常在梦中为尿所折磨。他在梦中为他布置的场景里四处寻找便桶。他在自己朝南的厢房里焦急不安。现实里安放在床前的便桶在梦里不翼而飞。无休止的寻找使梦中的谭博痛苦不堪。然后他来到了大街上，在人力车来回跑动的大街上，乞丐们在他身旁走过。终于无法忍受的谭博，将尿撒向了大街。

此后的情景是梦的消失。即将进入黎明的天空在窗户上一片灰暗。梦中的大街事实上由木床扮演。谭博醒来时感受到了身下的被褥有一片散发着热气的潮湿。这一切终结之后，场景迅速地完成了一次更换。那时候男孩睁着迷茫的双眼，十分艰难地重温了一次刚才梦中的情景，最后他的意识进入了清晰。于是尿床的事实使他羞愧不已。在窗户的白色开始明显起来时，他重又闭上了双眼，随即沉沉睡去。

"你呢？"

男孩的询问充满热情，显然他希望女孩也拥有同样的梦中经历。

然而女孩面对这样的询问却表现了极大的害臊，双手捂住眼睛是一般女孩惯用的技法。

"你是不是也这样？"

男孩继续问。

他们的眼前是一条幽深的胡同，两旁的高墙由青砖砌成。并不久远的岁月已使砖缝里生长出羞羞答答的青草，风使它们悄然摆动。

"你说。"

男孩开始咄咄逼人。

女孩满脸羞红，她垂头叙述了与他近似的梦中情景。她在梦中同样为尿所折磨，同样四处寻找便桶。

"你也将尿撒在街上？"

男孩十分兴奋。

然而女孩摇摇头，她告诉他她最后总会找到便桶。

这个不同之处使男孩羞愧不已。他抬起头望着高墙上的天空，他看到了飘浮的云彩，阳光在墙的最上方显得一片灿烂。

他想：她为什么总能找到便桶，而他却永远也无法找到。

这个想法使他内心燃起了嫉妒之火。

后来他又问：

"醒来时是不是被褥湿了？"

女孩点点头。

结局还是一样。

二

一九三九年十一月，十七岁的谭博已经不再和十六岁的兰花坐在门前的石阶上。那时候谭博穿着黑色的学生装，手里拿着鲁迅的小说和胡适的诗。他在院里进出时，总是精神抖擞。而兰花则继承了母业，她穿着碎花褂子在太太的唠叨声里来回走动。

偶尔的交谈还是应该有的。

谭博十七岁的身躯里青春激荡，他有时会突然拦住兰花，眉飞色舞地向她宣讲一些进步的道理。那时候兰花总是低头不语，毕竟已不是两小无猜的时候。或者兰花开始重视起谭博的少爷地位。然而沉浸在平等互爱精神里的谭博，很难意识到这种距离正在悄悄成立。

在这年十一月的最后一天里，兰花与往常一样用抹布擦洗着那些朱红色的家具。谭博坐在窗前阅读泰戈尔有关飞鸟的诗句。兰花擦着家具时尽力消灭声响，她偶尔朝谭博望去的眼神有些抖动。她希望现存的宁静不会遭受破坏。然而阅读总会带来疲倦。当谭博合上书，他必然要说话了。

在他十七岁的日子里，他几乎常常梦见自己坐上了一艘海轮，在浪涛里颠簸不止。一种渴望出门的欲望在他清醒的时候也异常强烈。

现在他开始向她叙述自己近来时常在梦中出现的躁动不安。

"我想去延安。"他告诉她。

她迷茫地望着他，显而易见，"延安"二字带给她的只能是一片空白。

他并不打算让她更多地明白一些什么，他现在需要知道的是她近来梦中的情景。这个习惯是从一九三○年八月延伸过来的。

她重现了一九三○年的害臊。然后她告诉他近来她也有类似的梦。不同的是她没有置身海轮中，而是坐在了由四人抬起的轿子里，她脚上穿着颜色漂亮的布鞋。轿子在城内各条街道上走过。

他听完微微一笑，说：

"你的梦和我的梦不一样。"

他继续说：

"你是想着要出嫁。"

那时候日本人已经占领了他们居住的城市。

余华作品

三

一九五〇年四月,作为解放军某文工团团长的谭博,腰间系着皮带,腿上打着绑腿,回到了他的一别就是十年的家中。此刻全国已经解放,谭博在转业之前回家探视。

那时候兰花依然居住在他的家中,只是不再是他母亲的女佣,开始独立地享受起自己的生活。谭博家中的两间房屋已划给兰花所拥有。

谭博英姿勃发走入家中的情景,给兰花留下了深刻的印象。此时兰花已经儿女成堆,她已经丧失了昔日的苗条,粗壮的腰扭动时抹杀了她曾经有过的美丽。

在此之前,兰花曾梦见谭博回家的情景,居然和现实中的谭博回来一模一样。因此在某一日中午,当兰花的丈夫出门之后,兰花告诉了谭博她梦中的情景。

"你就是这样回来的。"

兰花说。兰花不再如过去那样羞羞答答,毕竟已是儿女成堆的母亲了。她在叙说梦中的情景时,丝毫没有含情脉脉的意思,仿佛在叙说一只碗放在厨房的地上,语气十分平常。

谭博听后也回想起了他在回家路上的某个梦。梦中有兰花出现。但兰花依然是少女时期的形象。

"我也梦见过你。"

谭博说。

他看到此刻变得十分粗壮的兰花,不愿费舌去叙说她昔日的美丽。有关兰花的梦，在谭博那里将永远地销声匿迹。

四

一九七二年十二月。垂头丧气的谭博以反革命分子的身份回到家中。母亲已经去世，他是来料理后事。

此刻兰花的儿女基本上已经长大成人。兰花依然如过去那样没有职业。当谭博走入家中时，兰花正在洗塑料布，以此挣钱糊口。

谭博身穿破烂的黑棉袄在兰花身旁经过时，略略站住了一会儿，向兰花胆战心惊地笑了笑。

兰花看到他后轻轻"哦"了一声。

于是他才放心地朝自己屋内走去。过了一会儿，兰花敲响了他的屋门，然后问他：

"有什么事需要我？"

谭博看着屋内还算整齐的摆设，不知该说些什么。

母亲去世的消息是兰花设法通知他的。

这一次，两人无梦可谈。

五

一九八五年十月。已经离休回家的谭博，终日坐在院内晒着太阳。还是秋天的时候，他就怕冷了。

兰花已是白发苍苍的老人了，可她依然十分健壮。现在是一堆孙儿孙女围困她了。她在他们之间长久周旋，丝毫不觉疲倦。同时在屋里进进出出，干着家务活。

后来她将一盆衣服搬到水泥板上，开始洗涮衣服。

谭博眯缝着眼睛，看着她的手臂如何有力地摆动。在一片"刷刷"声里，他忧心忡忡地告诉兰花：

他近来时常梦见自己走在桥上时，桥突然塌了。走在房屋旁时，上面的瓦片奔他脑袋飞来。

兰花听了没有做声，依然洗着衣服。

谭博问：

"你有这样的梦吗？"

"我没有。"

兰花摇摇头。

一九八九年八月

难逃劫数

一

　　东山在那个绵绵阴雨之晨走入这条小巷时，他不知道已经走入了那个老中医的视线。因此在此后的一段日子里，他也就无法看到命运所暗示的不幸。

　　那个时候，他的目光正漫不经心地在街两旁陈列的马桶上飘过去，两旁屋檐上的雨水滴下来，出现了无数微小的爆炸。尽管雨水已经穿越了衣服开始入侵他的皮肤，可四周滴滴答答的声音，始终使他恍若置身于一家钟表店的柜台前。他显然没有意识到自己正行走在一条小巷之中。由于对待自己偷工减料，东山在这天早晨出门的那一刻，他就不对自己负责了。

　　后来，就像是事先安排好似的，在一个像口腔一样敞开的窗口，东山看到了一条肥大的内裤。内裤由一根纤细的竹竿挑出，在风雨里飘扬着百年风骚。展现在东山视野中的这条内裤，有着龙飞凤舞的线条和深入浅出的红色。于是在那一刻里，东山横扫了以往依附在他身上的萎靡不振，他的脸上出现了从未有过的汹涌激情。就这样，东山走上了命运为他指定的灾难之路。

直到很久以后，沙子依然能够清晰地回忆起那天上午东山敲开他房门时的情景。东山当初的形象使躺在被窝里的沙子大吃一惊。那是因为沙子透过东山红彤彤的神采看到了一种灰暗的灾难。他隐约看到东山的形象被摧毁后的凄惨。但是沙子当初没有告诉他这些，沙子没有告诉东山可以用忘记来解释。

听完了东山的叙述，一个肥大的女人形象在沙子眼前摇晃了一下。沙子准确地说出了这个女人的名字：

"露珠。"

沙子又说：

"她的名字倒是小巧玲珑。"

然后沙子向东山献上了并不下流的微微一笑，但是东山不可能体会到这笑中所隐藏的嘲弄。

东山走后，沙子精确地想象出了东山在看到那条肥大内裤以后的情景——

东山热血沸腾地扑到了窗口上，一个丑陋无比并且异常肥大的女人进入了他的眼睛，经过一段热泪盈眶的窒息，东山用那种森林大火似的激情对她说：

"我爱你！"

沙子也想象出了露珠在那一刻里的神态。他知道这个肥大的女人一定是像一只跳蚤一样惊慌失措了。

二

　　呈现在老中医眼中的这条小巷永远是一条灰色的裤带形状，两旁的房屋如同衣裤的皱纹，死去一般固定在那里。东山就是在这上面出现的。那个时候，露珠以一只邮筒的姿态端坐在窗口，而她的父亲，这个脸上长满霉点的老中医却站在她的头顶。他们之间只有一板之隔。老中医此刻的动作是撩开拉拢的窗帘一角，窥视着这条小巷。这动作二十年前他就掌握了，二十年的操练已经具有了炉火纯青的结果，那就是这窗帘的一角已经微微翘起。二十年来，在他所能看到的对面的窗户和斜对面的窗户上，窗帘的图案和色彩经历了不停的更换。从那些窗口上时隐时现的脸色里，他看到了包罗万象的内容。在这条小巷里所出现的所有人的行为和声音，他都替他们保存起来了。那都是一些交头接耳、头破血流之类的东西。自然也有那种亲热的表达，然而这些亲热在他看来十分虚伪。二十年来他一直沉浸在别人暴露而自己隐蔽的无比喜悦里，这种喜悦把他送入了长长的失眠。

　　东山最初出现在老中医视线中时，不过是一个索然无味的长方形。他在雨的空荡里走来。然而当东山突然站住时，老中医才预感到将会发生些什么了。在此后一段日子，老中医因为未能更早地预感，他无情地谴责了自己的迟钝。那时候在东山微微仰起的脸上，他开始看到一股激情在汹涌奔泻，于是他感到自己的预感得到了证实。不久之后东山的身影一闪消失了，他知道东山已经扑到了露珠的窗口，接着他便听到一声如同早晨雄鸡啼叫一般的声音。

面对东山的出现，露珠以无可非议的惊慌开始了她的浑身颤抖。这种出现显然是她无时无刻不在期待之中的，然而使她措手不及的是东山的形象过于完美。她便由此而颤抖起来。因为身体的颤抖，她的目光就混乱不堪，所以东山的脸也就杂乱无章地扭动起来。露珠隐约看到了东山的嘴唇如同一只启动了的马达，扭曲畸形的声音就从那里发出。她知道这声音里所包含的全部意义，尽管她一点也无法听清。

这个时候，她听到了几只麻雀撞在窗玻璃上的声音，这种声音来到时将东山的滔滔不绝彻底粉碎。她知道那是父亲的声音，父亲正在窃窃而笑。他的笑声令她感到如同一个肺病患者的咳嗽。她知道他已经离开了窗口，确实如此，老中医此刻正趴在地板上，那里有一个小孔，他用一只眼睛窥视露珠已经很久了。

在此后的时间里，东山像一只麻雀一样不停地来到露珠的窗口，喳喳叫个不止。然而在这坚强的喳喳声里，露珠始终以忧心忡忡的眼色凄凉地望着东山。东山俊美的形象使她忧心忡忡。在东山最初出现的脸上，她以全部的智慧看到了朝三暮四。而在东山追求的间隙里，她的目光则透过窗外的绵绵阴雨，开始看到她与东山的婚礼。与此同时她也看到了自己被抛弃后的情景，她的目光长久地停留在这情景上面。

每逢这时，她都将听到父亲那种咳嗽般的笑声。父亲的笑声表明他已经看出了露珠心中的不安。于是在第二天的夜晚来到以后，他悄然地走到了露珠的身后，递过去一小瓶液体。

　　正在沉思默想的露珠在接过那个小瓶时，并没有忘记问一声：

　　"这是什么？"

　　"你的嫁妆。"

　　老中医回答，然后他又咳嗽般地咯咯笑了起来。在父亲尖利的笑声里，露珠显然得到了一点启示。但她此刻需要更为肯定的回答。于是她又问：

　　"这是什么？"

　　"硝酸。"

　　父亲这次回答使她领悟了这小瓶里所装的深刻含义，她将小瓶拿在手中看了很久，但她没看到那倾斜的液体是什么颜色。她所看到的是东山的形象支离破碎后，在液体里一块一块地浮出，那情形惨不忍睹，然而正是这情形，使盘旋在露珠头顶的不安开始烟消云散。露珠开始意识到手中的小瓶正是自己今后幸福的保障。可是她在瓶中只看到了东山的不幸，却无法看到自己的灾难。

　　于是露珠对东山爱情的抵制持续了两天以后，在这一刻里夭折了。事实上露珠在最初见到东山时，她在内心已经扮演了追求的角色，所谓抵制不过是一本书的封面。

　　当翌日清晨东山再次以不屈的形象出现在露珠窗口时，呈现在他眼前的露珠无疑使他大吃一惊。

　　正如后来他对沙子所说的：

"她简直像是要从窗里扑过来似的。"

在那十分迅速的惊愕过去以后，东山马上明白他们的位置已经做了调整。眼下是他被露珠狂热的追求压倒了。他立刻知道结婚已经是一件迫在眉睫的事情。那时候两天前开始的这场雨还在绵绵不绝地下着，因为是在雨中认识，在雨停之前相爱，所以东山感到他们的爱情有点潮湿。但是由于东山的眼睛被一层网状的雾障所挡住，他也就没法看到他们的爱情上已经爬满了蜒蚰。

三

所有的朋友都来了，他们像一堆垃圾一样聚集在东山的婚礼上。那时候森林以沉默的姿态坐在那里，不久以后他坐在拘留所冰凉的水泥地上时，也是这个姿态。他妻子就坐在他的对面，他身旁的一个男人正用目光剥去他妻子的上衣。他妻子的眼睛像是月光下的树影一样阴沉。很久以后，森林再度回想起这双眼睛时，他妻子在东山婚礼最后时刻的突然爆发也就在预料之中了。

森林的沉默使他得以用眼睛将东山婚礼的全部过程予以概括。在那个晚上没人能像森林一样看到所有的情景。森林以一个旁观者锐利的目光成功地做到了这一点。不仅如此，他还完成了几个准确的预料。所以当广佛一走进门来时，森林就知道他将和东山的表妹彩蝶合作干些什么了。那个时候他们为他提供的材料仅仅只是四目相视而已，但这已经足够了。因为森林在他们两人目光的交接处看到了危险的火花。后来的事实证明了森林是正确的。那时候东山的婚礼已经进入了高潮。森林的眼睛注视着一伙正在窃窃私语的人的影子，这些人的影子贴在斑驳的墙上。他们的嘴像是水中的鱼嘴一样吧嗒着。墙上的影子如同一片乌云，而那一片嗡嗡声则让他感到正被一群苍蝇围困。彩蝶的低声呻吟就是穿破这片嗡嗡声来到森林耳中的，她的呻吟如同猫叫。于是头靠在桌面上浑身颤抖不已的彩蝶进入了他的眼睛。而坐在她身旁的广佛却是大汗淋漓，他的双手入侵了彩蝶，仿佛像是揉制咸菜一样揉着彩蝶。一个男孩正在他们身后踮脚看着他们。森林在这个男孩脸上看到了死亡的美丽红晕。

尽管后来事过境迁，然而森林还是清晰地回想出露珠当初像涂满猪血一样红得发黑的脸色，和坐在她身旁东山躁动不安的神态。他甚至还记起曾有一串灰尘从屋顶掉落下来，灰尘掉入了东山的酒杯。

他始终听到东山像一个肺气肿患者那样结结巴巴的呼吸声，他觉得自己听到的是一种强烈的欲望在呼吸。因此当东山莫名其妙地猛地站起，又莫名其妙地猛地坐下时，他感到东山已经无法忍受欲望的煎熬了。他看到东山坐下以后用肩膀急躁地撞了撞他的新娘。当新娘转过头去看他时，他向她使出了诡计多端的眼色。而她显然无法领会，因为她的头又转了回去。可是她随即就大叫一声，这一声使那些窃窃私语者惊慌失措。显然东山在她身上最肥沃处拧了一把，她于是又将眼睛交给了东山，东山这一次使出来的眼色已经肆无忌惮了。森林感到东山的眼色与对面那扇门有关，那扇门半掩着，他看到一张床的一只角。

沙子是在这个时候进来的，他进来以后并没有利用一把空着的椅子，他背靠着门站在了那里。于是森林仿佛看到在一条空荡的街道拐弯处，在一只路灯空虚的光线里，站着一个瘦长的人影。他发现沙子的目光始终逗留在某一个梳着辫子的姑娘头上。那个时候他从沙子神秘的微笑上似乎领悟到了什么。他的这种先兆在不久之后得到了证实。因此在几天以后，森林带着广佛的骨灰敲开沙子的屋门后，他向沙子揭穿了这个阴谋。尽管沙子在那一刻里装着若无其事，但他还是一眼看出了沙子心中的不安。

　　在沙子进来之前，森林发现妻子的眼睛已经不仅仅是阴沉了，里面开始动荡起愤怒的痛苦。可是森林那能够看出沙子诡计的锐利目光一旦投射到妻子身上时，却变得格外迟钝。即便是在那个时候，他仍然没有准备到妻子的突然爆发。

　　那时候东山依然在使着眼色，可他的新娘因为无法理解而脸上布满了愚蠢。于是东山便凑过去咬牙切齿地说了一句什么，总算明白过来的新娘脸上出现了幽默的微笑。随即东山和他的新娘一起站了起来。东山站起来时十分粗鲁，他踢倒了椅子。正如森林事先预料的一样，他们走进了那个房间。但是他们没有将门关上，所以森林仍然看到那张床的一只角，不过没有看到他们两人，他们在床的另一端。然后那扇门关上了。

　　不久之后，那间屋子里升起了一种混合的声音，声音从门缝里挤出来时近似刷牙声。在这混合的声音里最嘹亮的是床在嘎吱嘎吱响着。森林微微一笑，他想：

　　"一张破床。"

这一时刻那一片嗡嗡声蓦然终止，那些窃窃私语者都抬起了梦游症患者一样的脸来。森林注意到广佛开始腾出手来擦汗了，于是彩蝶靠在桌面上的头也总算仰起，在她仰起的脸上，森林看到了一种疲倦的紫色。那个男孩也不再踮着脚，他开始朝那扇门奇怪地张望。

　　森林是在这时看到沙子实现了他的诡计。他看到沙子微笑地走到那个正在凝神细听的姑娘身后，沙子从口袋里拿出了一把剪刀，剪刀在灯光下一闪之后，那姑娘便失去了一根辫子。于是森林看到姑娘的头颅像是失去重心一样摇摆了过去。沙子往后退去时仍然在微笑，他一直退到门旁。可是不一会森林发现沙子已经坐在妻子的身旁，沙子从门旁到那里的过程，森林没有看到。

　　这时候那扇门似乎在微微抖动了，里面的声音像风一样打在门上。森林感到那声音像是从油锅里煎出来似的热气腾腾。随后森林听到这混合在一起的声音开始运动。那声音在屋内抱成一团，并且翻滚起来。仿佛从床上掉落在地，滚到了墙角，又从墙角滚到了床底下。于是森林清晰地分辨出了两种声音。他听到了柳枝抽打玻璃的尖利声和巨石从山坡上滚下时的沉重喘息。他体会到这两种声音所形成的对抗。然而对抗是暂时的，不久之后它们便趋向了和解。它们从狭路相逢进入剑拔弩张的高潮后，又立刻跌了下来，这两种声音开始同舟共济了，并且正在快速地远去。此后一片平静呈现了，如同呈现了一片没有波浪的湖面。

　　然后屋内响起了比口哨还要欢畅的脚步声，接着那扇门打开了。东山首先走出来，他脸上的笑容像是一只烂掉的苹果，但他

　　　　　　　　　　　　　　　　　　　　｜ 余华作品

总算像一个新郎了，他的新娘紧随其后，新娘的脸色像一只二十瓦的灯泡一样闪闪发光。他们从容不迫地在刚才的位置上坐了下来，他们的神态强词夺理地在说明他们没有离开过。

广佛和彩蝶开始面面相觑，透过面面相觑，森林得意地看到了他们心中正羞愧不已。但是森林没有料到的是他们两人突然果断地站了起来，接着以同样的果断朝门口走去。门被打开后又被关上。然后他们已经不再存在于屋内，他们已经属于守候在屋外的夜晚。接着那门又被打开又被关上，森林看到那个男孩也出去了。在男孩出门的一瞬间，森林看到男孩的后脑勺上出现了一点可怕的光亮。

然而这个时候，森林妻子将忍耐多时的悲哀像一桶冷水一样朝他倒来。他妻子在那一刻突然哇哇大哭起来，如一只汽车喇叭突然摁响一样。妻子的哭声像硝烟一样在屋内弥漫开来，她用食指凶狠地指着森林：

"你从来没为我买过一条漂亮裤子。"

那时候森林眼前出现了一片空荡，而一块绝望的黑纱在空荡里飘来了。正是在这一刻，森林心中燃起了仇恨之火，正如他后来对沙子所说的：

"我仇恨所有漂亮的裤子。"

四

广佛和彩蝶经过漫长的面面相觑以后，他们毅然地来到了屋外。他们十分干脆地体现了命运的意志。他们出门以后绕过了几棵从房屋的阴影里挺身而出的树木，但他们没有注意树梢在月光里显得冰冷而没有生气，显然这是不幸的预兆。那个时候广佛的智慧已被情欲湮没。直到多日以后，广佛的人生之旅行将终止时，他的智慧才恢复了洞察一切的能力。然而那时候他的智慧只能表现为一种徒有其表的夸夸其谈了。

广佛在临终的时刻回想起那一幕时，他才理解了当初他和彩蝶沙沙的脚步声里为何会有一种嗤嗤的噪音。这噪音就是那男孩的脚步。那时候男孩就在他们身后五米远的地方。但是当广佛发现他时已是几分钟以后的事了，那时候男孩的手电光线照在了他的眼睛上。男孩干涉了广佛的情欲，广佛的愤怒便油然而生，接着广佛的灾难也就翩翩来到了。

那天晚上他们并没有走远，他们出门以后只走了十多米，然后就在一片阴险闪烁的草地上如跌倒一样地滚了下去。于是情欲的洪水立刻把他们冲入了一条虚幻的河流，他们沉下去之后便陷进了一片污泥之中。以至那个男孩走到他们身旁时，他们谁也没有觉察。

首先映入男孩眼帘的是一团黑黑的东西，似乎是两头小猪被装进一只大麻袋时的情景。然而当男孩打亮手电照过去时，才知道情况并不是那样，眼前的情景显然更为生动。所以他就在他们四周走了一圈。他这样做似乎是在挑选最理想的视觉位置，可他随即便十分马虎地在他们右侧席地而坐。他手电的光线穿越了两米多的空间后，投射在他们脸上，于是孩子看到了两张畸形的脸。

与此同时那四只眼珠里迎着光线射过来的目光使孩子不寒而栗。所以他立刻将光线移开，移到了一条高高跷起的腿上，这条腿像是一棵冬天里的树干，裤管微微有些耷拉下来，像是树皮一样剥落下来。最上面是一只漂亮的红皮鞋，那么看去仿佛是一抹朝霞。腿在那里瑟瑟摇晃。不久之后那条腿像是断了似的猝然弯曲下来，接着消失了。然而另一条腿却随即挺起，这另一条腿的尖端没有了那只朝霞一样的红皮鞋，也没有裤管在微微耷拉下来，什么都没有，有的只是一条腿，这条腿很纯粹。孩子的手电光照在那上面，如同照在一块大理石上，孩子看到自己的手电光在这条腿上嘹亮地奔泻。然后他将光线移到了另一端，因此孩子看到的是一只张开的手掌，手掌仿佛生长在一颗黑黑的头颅上。他将光线的焦点打在那只手掌上，四周的光线便从张开的指缝里流了过去。随后手掌突然插入了那黑黑的头颅，于是一撮一撮黑发直立了起来，如同一丛一丛的野草。接着黑发又垂落下去，黑发垂落时手掌消失了。孩子便重新将光线照到他们脸上，他看到那四只眼睛都闭上了，而他们的嘴则无力地张着，像是垂死的鱼的嘴。他又将光线移到刚才出现大腿的地方，光线穿过了那里以后照在一棵树上。刚才的情景已经一去不返了，如今呈现在手电光下的不过是一堆索然无味的身体。于是他熄灭了手电。

广佛从地上爬起来时，孩子还坐在那里。他回头看了看彩蝶，彩蝶正在爬起来。于是他就向孩子走去，孩子的眼睛一直在看着他，那双眼睛像是两只萤火虫。孩子坐在那里一动不动，月光照在他身上仿佛他身上披满水珠。广佛走到他跟前，站了片刻，他在思忖着从孩子身上哪个部位下手。最后他看中了孩子的下巴，孩子尖尖的下巴此刻显得白森森的。广佛朝后退了半步，然后提起右脚猛地踢向孩子的下巴，他看到孩子的身体轻盈地翻了过去，接着斜躺在地上了。广佛在旁边走了几步，这次他看中了孩子的腰。他看到月光从孩子的肩头顺流而下，到了腰部后又鱼跃而上来到了臀部。他看中了孩子的腰，他提起右脚朝那里狠狠踢去。孩子的身体沉重地翻了过去，趴在了地上。现在广佛觉得有必要让孩子翻过身来，因为广佛喜欢仰躺的姿态。于是他将脚从孩子的腹部伸进去轻轻一挑，孩子一翻身形成了仰躺。广佛看到孩子的眼睛睁得很大，但不再像萤火虫了。那双眼睛像是两颗大衣纽扣。血从孩子的嘴角欢畅流出，血在月光下的颜色如同泥浆。广佛朝孩子的胸部打量了片刻，他觉得能够听听肋骨断裂的声音倒也不错。这样想着的时候，他的脚踩向了孩子的胸肋。接下去他又朝孩子的腹部踩去一脚。然后他才转过头去看了看彩蝶，彩蝶一直站在旁边观瞧，他对彩蝶说：

"走吧。"

当广佛和彩蝶重新走入东山的婚礼时，森林的妻子还在号啕大哭。所以谁也没有注意到他们推门而入，因此他们若无其事的神态显得很真实。在所有人中间，只有森林意识到他们两人刚才开门而出，但是森林此刻正在被仇恨折磨，他无暇顾及他们的回来。于是彩蝶便逃离众目睽睽，她可以神态自若地坐回到自己的位置上。然后她又以同样的神态自若，看着广佛怎样走到那伙窃窃私语者身旁，她看到广佛朝喜气洋洋的东山微微一笑，随后俯下身对一个男人说了一句话，她知道广佛是在说：

"我把你儿子杀了。"

在那个男人仰起的脸上，彩蝶看到一种睡梦般的颜色。接着广佛离开了那伙人，当广佛重新在彩蝶身旁坐下时，彩蝶立刻嗅到了广佛身上开始散发出来的腐烂味，于是她就比广佛自己更早地预感到了他的死亡。与此同时，她的目光投射到了露珠的脸上，她从露珠脸上新奇地看到了广佛刚才朝那伙人走去时所拥有的神色。因此当翌日傍晚她听到有关东山的不幸时，她丝毫也惊讶不起来，对她来说这已是一个十分古老的不幸了。

五

聚集在东山婚礼上的那群人像是被狂风吹散似的走了。沙子是第一个出门的，他出去时晃晃悠悠像一片败叶，而紧随其后森林那僵硬的走姿无疑是一根枯枝的形象。他们就这样全都走了。东山感到婚礼已经结束，所以他也摇晃地站起来，朝那扇半掩的门走去。他走去时的模样很像一条挂在风中的裤子。那个时候东山的内心已被无所事事所充塞，这种无所事事来自于刚才情欲的满足和几瓶没有商标的啤酒。因此当东山站起来朝里屋走去时，他似乎忘掉了露珠的存在，他只是依稀感到身旁有一块贴在墙上的黑影。于是他也就不可能知道此刻对露珠来说婚礼并没有结束。如果他发现这一点的话，并且在此后的每时每刻都警惕露珠的存在，那么他也就成功地躲避了强加在他头上的灾难。然而这一切在他作出选择之前就已经命中注定了。东山一躺到那张床上就立刻呼呼睡去，命运十分慷慨地为露珠腾出了机会。

在此之前，露珠清晰地听到那张床发出的嘎吱嘎吱的响声，如同一条船在河流里摇过去的橹声，而且声音似乎在渐渐地远去。这使露珠感到很宁静。随后东山的鼾声出现了，东山的鼾声让露珠觉得内心踏实了。所以她就站起来，她听到自己身体摆动时肥大的声响。那个时候屋外的月光使窗玻璃白森森地晃动起来，这景象显然正是她此刻的心情。她十分仔细地绕过聚集在她前面的椅子，她觉得自己正在绕过东山所有的朋友，他们一个一个都不再对她有威胁了。现在她已经站在了那间屋子的门口，她看到了东山侧身躺着的形象。她生平第一次站在旁边的角度看到一个男人的睡态，因而她内心响起了一种阴沟里的流水声。可是流水声转瞬即逝，因为她那时十分明白流水声继续响下去的危险，她已经意识到这声音其实是命运设置的障碍。像绕过刚才的椅子那样，这次她绕过了流水声。她已经站在了梳妆台前，她的目光停留在那个小瓶上，她发现从镜子里反映出来的小瓶要比实际大得多。那个时候她摇摇晃晃地听到了两种声音：

"这是什么？"

那是她问父亲的声音和东山问她的声音，两种声音像是两张纸一样叠在了一起。

她当初的回答是沿用了父亲的回答：

"我的嫁妆。"

于是她看到东山脸上洋溢出了天真无邪，从那时她就知道自己要干的这桩事远比想象的要简单。那时候她看到了东山其实是手无寸铁，东山的智慧出现了缺陷，东山的智慧正在被情欲用肥皂洗去。所以她拿起小瓶时丝毫没有慌乱，但是那一刻里她的左眼皮突然剧烈地跳动了几下。由于被行动的欲望所驱使，她没有对这个征兆给予足够的重视，她错误地把这种征兆理解为疲倦，所以日后的毁灭便不受任何阻挠地来到了。

她已经走到了床边，东山因为朝右侧身睡着，所以他左侧的脸在灯光下红光闪闪，那是啤酒在红光闪闪。她用手指在那上面触摸了一下，恍若触摸在削下的水果皮上。然后她拧开了瓶盖，将小瓶移到东山的脸上，她看着小瓶慢慢倾斜过去。一滴液体像屋檐水一样滴落下去，滴在东山脸上。她听到了嗤的一声，那是将一张白纸撕断时的美妙声音。那个时候东山猛地将右侧的脸转了出来，在他尚未睁开眼睛时，露珠将那一小瓶液体全部往东山脸上泼去。于是她听到了一盆水泼向一堆火苗时的那种一片嗤嗤声。东山的身体从床上猛烈地弹起，接着响起了一种极为恐怖的哇哇大叫，如同狂风将屋顶的瓦片纷纷刮落在地破碎后的声音。东山张大的嘴里显得空洞无物，他的眼睛却是凶狠无比。他的眼睛使露珠不寒而栗。那时候露珠才开始隐约意识到了一点什么，但她随即又忽视了。东山在床上手舞足蹈地乱跳，接着跌落在地翻滚起来，他的双手在脸上乱抓。露珠看到那些灼焦的皮肉像是泥土一样被东山从脸上搓去。与此同时，露珠似乎听到了父亲咳嗽般的笑声，笑声像是屋顶上掉下来的灰尘一样出现了。于是她迷迷糊糊地发现了自己的处境，她的思想摇曳地感到自己似乎是父亲手枪里的一颗子弹。

六

几天以后，广佛站在被告席上重温了他那一天里的全部经历。他的声音在大厅里空洞地响着，那声音正卖力地在揭示某一个真理。他在说到中午起床拉开窗帘后看到阳光如何灿烂时，他的神态说明他重又进入了那一天。然后有几只麻雀从半空里飞下来，一阵喳喳声也从半空里飞了下来。于是他发现再在屋内待下去是愚蠢的，因此他就来到了屋外。走到屋外时一个素不相识的陌生人朝他微微一笑，这个微笑使他走到大街上时仍然难以忘怀。这个时候他碰到了东山，东山充满激情地告诉他晚上的婚礼，那时候他表现出来的激情绝不逊色于东山。随后他们两人就各走东西。广佛朝东走去时蓦然感到东山刚才脸上的激情有些吓人。但他却没有因此想到自己刚才表现的激情是否也吓人。他就这样走进了一家点心店，一客小笼包子端上来时热气腾腾，他的早餐便开始了。尽管他在某一只包子里咬出了一颗小石子，可是并没有影响他的情绪。在他走出点心店时，他下午的经历开始了。他首先是走到邮局报栏前看了所有陈列出来的报纸的夹缝，他在夹缝里看到了三条杀人的新闻。那个时候命运第一次向他暗示了，可是得到的结果却与后来的暗示一样，命运在对牛弹琴。随后他离开报栏朝西走去，在走到那座桥上时，他得到了命运的第二次暗示，那时候他看到有一条披麻戴孝的小船哭哭啼啼地从桥下摇了过去，但他同样无动于衷。他在桥上站了一会，他这样做只是为了看着正在波动的水，水的颜色使他想起了一条柏油马路。这个联想出现后，他开始感到索然无味。于是他走下了桥，他望到了自己房间的窗口，那个窗口有点阴阳怪气。这时候他才发现自己走了一圈的结局是回家。于是他就从刚才走下来时的楼梯走了上去，那个下午以后的时间他消磨在房间里。他半躺在床上，用一只眼睛看着窗外的一片树叶，他记得那片树叶的颜色是黄的。他在望着树叶时不停地吹口哨，口哨表明他的心情一直很愉快。那片树叶在口哨声里摇摇晃晃，显得很危险。后来在他从床上跳起来准备去参加东山婚礼时，那片树叶终于掉落下来，那掉下来的姿态慢慢吞吞。显然这是命运的第三次暗示，他自然又忽视了。接下去他通过那个弥漫着灰尘的楼梯，又来到了屋外。那个时候太阳掉下去了，一片晚霞挂在马路上面，他十分愉快地走在晚霞和马路中间。他记得当时什么也没有发生，连一片树叶也没有掉下来。他就这样走到了东山家的小巷口，他的身体扭动一下后就走进了小巷。当时他朝那里的一家卫生院望了一下，透过卫生院的窗玻璃他看到了一只正在挨针扎的屁股，但尚未分辨一下这只屁股的性别，他就走过去了。然后他就出现在了东山的婚礼上，在东山婚礼上他首先看到的是那个男孩，那时男孩正用一双透明的黑眼睛望着他，男孩的眼睛使他心里涌上了一股奇怪的情绪，他想杀死他。那个时候命运的第四次暗示出现了。但他随即被娇媚的彩蝶招引了过去，他坐到了她的身旁，他用眼睛望着她的脖子，他的情欲之火就是这样点燃的。不久之后他的左腿上出现了爬动的感觉,彩蝶用脚趾开始了勾引。于是他的双手便开始传达他的情欲之火。尽管他竭尽全力,可他还是感到自己的情欲舒展不开。后来是东山的果断行为激励了他,他就和彩蝶双双走到了屋外,在一片布满水珠的草地上翻滚下去。那男孩的手电光也就接踵而至,手电光使他的情欲发泄时出现了愤怒的成分。愤怒的结果使他杀死了男孩。他就这样连续错过了命运的四次暗示,但是命运的暗示是虚假的,命运只有在断定他无法看到的前提下才会发出暗示。他现在透过审判大厅的窗玻璃,看到了命运挂在嘴角的虚伪微笑。他用右手向窗外的天空一指,窗外的天空蓝得虚无。他说这种虚伪微笑不是任何眼睛都能看到的,只有临终的眼睛才能看到。当他此刻重新回顾那一天的经历时,他才知道彩蝶和男孩其实是命运为他安排的两个阴谋,他还知道自己只要避开其中一个,那他也就避开了两个。可是由于他缺乏对以后的预见,所以他迟早也将在劫难逃,而他和彩蝶则是命运为男孩安排的两个阴谋,现在男孩已经死了,他也将殊途同归。唯有彩蝶幸存下来,命运在那一天为彩蝶安排的只是一个道具。现在他看到彩蝶的神色里有一种更为可怕的东西,因此他意识到命运对彩蝶的陷害将会更为残酷。他明确地告诉彩蝶,命运正在引诱她自杀。如果彩蝶重视他的临终忠告,那么她也许还能化险为夷。但是他十分遗憾地感到彩蝶对他的忠告显然漫不经心,所以他认为彩蝶也在劫难逃了。如今他行将就木,他并不感到委屈,他只是忏悔对那个男孩的残杀,他感到自己杀死的似乎不是那个男孩,而是自己的童年。所以当他扼杀了自己的童年以后,再在此刻回顾自己的人生之旅，他的眼睛凄凉地看到了一堆废墟。现在他已经别无所求，他只希望沙子能够将他的骨灰撒在一片蔚蓝色的海面上，他将在波浪里万念俱灭，日出会将他的人生抹掉，就像他现在抹掉嘴角的唾沫一样。

彩蝶十分无聊地听着广佛冗长的夸夸其谈，那时候她站在证人席上，她的眼睛远远地注视着沙子，沙子像一片树叶似的在那里悄无声息地飘来飘去。沙子从一个空座位不停地向另一个空座位转移，沙子每次坐下时，她都要通过某一位时髦女子的头发才能继续看到沙子，她看到的是沙子灰暗的前额，但是沙子的前额比广佛的声音要明亮多了。广佛的声音让她仿佛看到一个男人在黑暗里咬牙切齿。所以她警惕地感到那声音不怀好意。因此当广佛对她进行忠告时，她无可非议地将这种忠告理解为诅咒。广佛对她结局的预言在她听来如同麻雀的叫唤。那时她在心里想着自己的美容，她已经没有机会让广佛知道她已经和一位眼科医生取得了联系，这个联系在一个月以前就开始了。那位眼科医生会使她更为楚楚动人，医生只需在她的眼皮上轻轻划上两刀，她就会拥有生动的双眼皮，这个不久来到的事实会轻而易举地粉碎广佛的预言。尽管广佛就站在她近旁，但她没情绪去看他，看着鬼鬼祟祟的沙子使她觉得更为有趣。但是不久之后她就发现那人其实不是沙子，而是森林。森林与沙子的神态如此接近，她还是第一次发现。那个时候她已经走到大厅的门口了，她看到沙子就在前面走着，所以她就叫了一声，然后她才发现那人其实是森林。接着她从森林喜气洋洋的脸上感到，森林似乎十分乐意被错认成沙子。与此同时她看到前面有几个穿着紧身裤的时髦女子，彩蝶之所以注意她们是因为她们的臀部如同被刀割过一样裂开了，裂开的模样很挑逗，因为里面的内裤色彩斑斓。

七

这天晚上，森林用小拇指敲开了沙子的屋门，这个举动为他的这次拜访涂上了一层神秘的色彩。他进屋以后就在沙子的床上坐了下来，床摇摆了几下。然后他用一种诡秘的微笑注视着沙子。沙子显然已经意识到森林的这次拜访不同以往，所以他十分警惕地与他保持两米的距离。然而森林开口的第一句话却是告诉沙子有关广佛的消息。他告诉沙子只用一颗子弹就将广佛断送了。那颗子弹很小，因为弹壳被一个孩子捡去了，所以森林现在只能向沙子伸出小拇指。

"就这么小。"

接着森林传达了广佛的遗言。广佛临终时的重托显然使沙子感到有些棘手，但他还是十分认真地询问了广佛的骨灰现在何处。森林便拍了拍两只胀鼓鼓的上衣口袋。沙子才知道他把广佛带来了。于是沙子将一张十多年前的报纸在桌上铺开，森林就走过去把两只口袋翻出来将骨灰倒在报纸上，倒完以后森林用劲拍了拍口袋，剩余的骨灰弥漫开来，广佛的一部分就这样永久地占有了沙子的房屋。那个时候他们两人同时嗅到了广佛身上的汗酸味。

森林重新坐到沙子的床上，刚才那种诡秘的微笑又在他的嘴角出现。森林告诉沙子，彩蝶上午把他错认的经过。但是沙子却只是轻描淡写地微微一笑。因此森林便提醒他，彩蝶的错认有力地暗示了他们的接近。然而沙子立刻予以否定，因为他一点也没看出这种所谓的接近。森林便不得不揭穿了沙子在东山婚礼上的行为，随后他充满歉意地说：

"我不是有意的。"

这无疑使沙子大吃一惊，但他立刻用满不在乎的一笑掩盖了自己的吃惊。然而他并不准备去否认，他迟疑了片刻后对森林说：

"那不是我的代表作。"

"这我知道。"

森林挥了挥手，他告诉沙子他今夜来访的目的并不是要贬低沙子的天才，而是……他请沙子把剪刀拿出来。

但是沙子以沉默拒绝了，于是森林就从裤袋里拿出了一把小刀，他将锋利的刀口对准沙子，问：

"看到了吗？"

确定了沙子的点头以后，他便告诉沙子，这把小刀已经割破了二十个时髦女子的时髦裤子。他这样做是因为他仇恨所有漂亮的裤子。然后他坚信沙子也有同样的心理，并且认为当他割裤子听到咔嚓声时所得到的快感，与沙子听到剪刀咔嚓声时的快感毫无二致。他再次请求沙子把剪刀拿出来。

沙子现在完全理解了森林妻子在东山婚礼上的号啕大哭。他微微一笑后从口袋里拿出了剪刀，他也问：

"看到了吗？"

"看到了。"

森林回答。接着他说虽然小刀和剪刀的形状与大小都不一样，但是：

"它们一样有力。"

沙子听完以后并不立刻回答，他蹲下身从床底拖出了两只大木箱。他打开木箱以后让森林看到了两箱排列得十分整齐的辫子。他告诉森林它们中间每一根都代表着两根辫子，因为他从来都只是剪一根辫子的，而另一根：

"她们会替我剪去的。"

这个情景使森林感到羞愧，于是他十分坦率地承认自己远远落后了。

"问题并不在这里。"

沙子这样说。但是森林表示他一下子还不能正确地理解这句话，所以沙子就只好明确地指出：森林不过是一个复仇者，而他却是一个艺术家。

"我们的不同就在这里。"

沙子仔细分析了森林割裤子和自己剪辫子的原始动机。他告诉森林他并不像他仇恨漂亮裤子那样仇恨辫子，他是因为看到辫子时有一种本能冲动，这冲动要求他剪下辫子。所以他这样做是为了表现自我，因此：

"我是一个艺术家。"

接着他对自己的这种冲动作了一个比喻：

"近似东山看到露珠时的那种冲动，但又完全不一样。因为他是生理的，而我则是艺术的。"

提到东山的名字以后，两人都沉默了片刻，表示对东山被毁坏的面容的悼念。

现在森林感到无话可说了，他看到了自己的失败，他不得不承认沙子说得有理。

沙子看出了这种对自己有利的处境后，他就提议到外面去走一走，说话的时候他将广佛的骨灰包了起来。然后他们就来到了屋外，在走出那条小巷时，沙子告诉森林尽管他们本质不同，可表现形式还是有共同之处的，鉴于这一点，沙子感到他们的友谊朝前跨出了很大一大步。

沙子的话使森林深受感动，因为这正是他今晚的目的所在。他来向沙子指出他们的接近，无非是为了证明他们的友谊朝前跨出了一大步。现在他感到心满意足，他十分愉快地跟着沙子往前走。他们走去的方向有一条小河。那个时候他们谁也不知道命运已在河边为他们其中的一人设置了圈套。

来到河边以后，森林重提了彩蝶上午把他错认的经过，他这样做无非是证明他们的友谊朝前跨出一大步的另一种说法。森林说话的时候，沙子将报纸里的广佛扔进了那条正在闪烁流动的小河。广佛无声地掉落在水面上，由于报纸依旧包着，它漂浮了一小会，然后在桥的阴影里消失。这个举动使森林大吃一惊，但是沙子指着小河十分平静地告诉森林：

"它会流入大海的。"

于是森林就开始想象这条小河如何七转八弯流入了另一条

河，这另一条河不久之后又归入别的河流，如此下去无数河流出现了。再穿过无数田野竹林和无数小小的城镇后被运河吞没，运河北上以后进入了长江，长江浩荡东去，流入了大海。在森林想象的最后时刻，那一片蔚蓝色的海面果然出现了。

这时有几个民警出现在他们面前，民警证实了谁是森林以后，就把森林带走了。这个过程十分利索，双方都心照不宣。森林在临走时委托沙子常去看望他的妻子。森林在嘱托的时候发现沙子脸上正流淌着得意的神采。于是他就对沙子说：

"我不会出卖你的。"

这其实是森林的一个阴谋，后来的事实证明森林的阴谋很成功。那几个民警显然重视了森林这句话，所以此后连续三次盘问森林，但森林每次都是坚定地回答：

"我不会出卖沙子的。"

尽管除此以外森林什么也没有说，但他却是十分出色地将沙子展览了出来。

八

沙子是在翌日傍晚去完成森林的委托的，他的这个行动说明他并没有意识到自己已被森林出卖了。那个时候展现在沙子眼中的是一个蓬头散发的女人，那女人半躺在床上，阴沉地告诉了沙子她刚才干了些什么。

她指着床头柜上的半碗水对沙子说：

"我吞下了一碗老鼠药。"

这话使沙子颇为惊讶，于是他就打听她平时的饭量。

"也就那么一碗。"

森林妻子的回答使沙子感到她必死无疑，因此他就立刻向她揭示了这个真理。她脸上出现了一只鸟飞过时闪一下的阴影。

接着沙子又告诉她森林不久之后就会回来的，这句话显然加深了她内心的痛苦。她说：

"我要惩罚他。"

"但那时你已经死了。"

沙子郑重其事地提醒她。

沙子的提醒使她有些不知所措，但她随即释然了，她颇为得意地说：

"我已经惩罚他了。"

沙子思考了一下以后，表示同意她这句话。这时候他已经看穿了她的心计，因此他便向她描述了森林回来后的详细情景。他从森林出狱后的激动心情说起，那时候森林有一种想立刻拥抱妻子的强烈愿望，所以他就一路小跑地回家，可是他推门而入时却大吃一惊。因为那时她已经腐烂了，腐烂时臭气冲天。这种久别重逢的情景显然出乎森林的预料，因此他就号啕大哭起来。森林足足哭了一整天，他的哭声使邻居毛骨悚然，夜晚来临时他的哭声才算终止，于是他在床沿上悲痛欲绝地坐到深夜。森林是在这个时候毅然决定紧步妻子后尘的，他便站起来寻找老鼠药，可是老鼠药让他妻子一人独吞了。这个事实并没有打消森林心中的决定，森林坚定地走到阳台上。沙子说到这里停顿了一下，接着他十分详细地描述了森林跳楼自杀的每一个细节，就是最后鲜血怎样在马路上洋溢开来他都足足说了五分钟。

沙子的描述使森林妻子十分满意，她告诉沙子：

"你和我想的完全一样。"

同时她又指出了沙子描述里的不真实处，那就是她并没有腐烂，即便腐烂也不会是臭气冲天。随即她轻轻叫了一声，这叫声使沙子感到是一只老鼠在叫唤。他看到她双手捂住了胃部，她的身体十分有趣地扭曲起来，有一丝鲜血从她嘴角慢慢溢出。森林妻子这时候开始哇哇乱叫了，沙子耳中响起了一家工厂的所有声音，这声音使他不堪忍受。于是他就对她说如果难受的话，就把胃里的老鼠药吐出来。她像是得到启示一样哇哇地呕吐了起来，吐得肆无忌惮。在她慢慢伸开的身体上，沙子看到呕吐出来的东西像一条毯子似的盖在她身上。在这色彩丰富的呕吐物上，沙子可以想象出她的最后一餐是如何丰盛。同时他惊讶她居然有这么大的一个胃。呕吐物散发出来的气味使沙子眼花缭乱，于是他就决定撤退了。

沙子逃离了森林妻子的呕吐后，落入了彩蝶的手中。那个时候他已经来到了街上，正走在梧桐树叶制造的阴影上，彩蝶像是等待已久似的站在他前面。那时候彩蝶使他感到长着四只眼睛，那是因为彩蝶的眼皮上出现了两块小小的纱布，被胶布固定在那里，彩蝶眉飞色舞地告诉了他美容手术的经过，沙子站得两腿发酸时她仍在喋喋不休。最后彩蝶邀请沙子在四天过去后的第五天傍晚来她家，参加她的揭纱布仪式。她得意洋洋地预言她的揭纱布仪式将会非常隆重，将会使东山的婚礼黯然失色。她指着纱布告诉沙子，那时候他就会发现：

"这里面隐藏着惊人的美丽。"

九

四天过去以后的第五天夜晚，销声匿迹了一段日子的东山，无声地推开了沙子的屋门。那个时候沙子刚刚从彩蝶的揭纱布仪式上出来，而他的心情还没有完全出来，所以他的脸上有一种正在听相声的神色。

直到很久以后，沙子依然能够清晰地回想起彩蝶当初坐在梳妆台前准备大吃一惊的神态，这个神态使沙子日后坐在拘留所灰暗的小屋内时，成功地排遣了一部分的寂寞。当他那时再度回想时，居然没有隔世之感，那情景栩栩如生如同就在眼前。

他那无聊的思绪一旦逗留在当初彩蝶纱布揭开的情景上时，仅仅用兴高采烈来表示显然是不够的。当纱布揭开时，也就是那个应该是激动人心的场面来到时，却是一片沉默出现了，如同出现了一片阴沉的天空。这个沉默所表达的含义，在场的每个人都能够心领神会。这个沉默持续了很久以后，才被一个声音打破，那个声音从沙子斜对面干燥地滑过来，那个声音显然是不由自主，声音说：

"两道刀疤。"

这话有力地概括了彩蝶美容手术的失败，所以沙子记住了这个声音拥有者的形象。当多日以后，沙子从拘留所出来时，也是这个声音向沙子描述了彩蝶最后几个情形中的一个。这个声音过去以后，很多人发出了赞同的喳喳声。在那一片喳喳声里，沙子满意地看到了自己开始欢畅起来的心情。

那个时候彩蝶确实是大吃一惊了，正如她所准备的那样，只是期待的结果恰恰相反。所以她的沉默所持续的时间长了一点。在彩蝶的沉默里，沙子幸灾乐祸地体会到了可怕的绝望。

后来彩蝶重新将纱布贴到了眼皮上，尽管她努力装着若无其事，但在场所有的人都发现了她的两条手臂像什么，像是狂风里瑟瑟摇晃的枯树枝。接着她站了起来，她站起来以后装腔作势地微微一笑。随后她以同样的装腔作势说：

"还算不错。"

但她的声音正在枯萎。

沙子在听到她的声音时，恍若看到一片秋天里的枯叶从半空里凄凉地飘落下来。因此在那一刻里，沙子隐约地看到了彩蝶近在眉睫的毁灭。当彩蝶将身体转过来时，所有人都吃惊地看到那张像白纸一样没有生命的脸。沙子从这张脸上坚定了自己刚才的预感。那时候彩蝶又说：

"你们可以走了。"

于是他们一个一个十分坚定地朝门口走去，他们的脚步声让彩蝶感到他们不会再来，所以彩蝶的眼睛开始叙述起凄凉。沙子是最后一个出去的，他在出去前对彩蝶说了一句话，以此报答彩蝶对他的邀请，彩蝶听后苍白地一笑。沙子出门以后随手将门关上，他用这个举动说明他也不会再来了。然后他发现所有人都聚在走道上，他立刻理解了他们的举止，因此他就在门口站住了脚。不一会他们共同听到屋内响起了极为恐怖的一声，这一声让他们感到仿佛有一把匕首刺入了彩蝶的心脏。第二声接踵而至，第二声让他们觉得是匕首插入了她的肺中，因为这一声有些拖拉，在拖拉里他们听到了一阵短促的咳嗽。然后第三声来了，第三声使他们一下子尚不能分辨是刺入胃中还是刺入肾里，这一声有些含糊。第四声却是十分清晰，他们马上想象到匕首插进肝脏，他仿佛听到了肝脏破裂后鲜血咝咝流动的声音。紧接着第五声出现了，第五声让他们觉得是刺中了子宫，这一声很像正在分娩的孕妇在喊叫。接下去里面的声音铺天盖地而来了。他们感到匕首杂乱无章地在她身上乱扎了。他们决定走了，他们觉得有价值的器官都被刺过了，剩下的不过是些皮肉和骨骼。

现在基于这个前提，沙子重新回顾那个色彩丰富的揭纱布仪式时，觉得那里面塞满了幽默。尽管后来沙子不承认那个仪式的隆重，但他却愿意认为这个仪式别开生面。当他跨入这个仪式时，展现在他眼中的是五十来个美男子的各种声音和姿态，这个仪式上作为女人的只有彩蝶。这个仪式因为没有辫子使沙子很久以后仍然有所失望。沙子难以忘怀的是彩蝶当初如何优美地迎了上来，又如何神采飞扬地告诉他，她把全城的美男子都请来了。随后彩蝶居高临下地让沙子明白，她之所以请他是看在往日的友谊上。沙子当然明白这是彩蝶的恩赐，他同时也理解彩蝶的恩赐其实是对他丑陋的嘲弄。因此当沙子离开那个房间时，他报复了彩蝶，他告诉她：

"这就是我来的目的。"

十

沙子回到家中不久，东山推开了他的屋门。因为沙子没有料到东山的来访，所以当东山出现时他不由失声惊叫。沙子的惊叫使东山再一次深刻地体会到了自己面容的破烂。

那时候呈现在沙子眼中的东山这张脸，如同一张被揉皱后又马虎拉开的纸，他看到昏暗的灯光在东山脸上起伏。虽然这张脸的深夜来访使沙子惊慌失措，但他随即就知道了是东山站在他的对面。当他平静下来以后，他开始感到这张脸似曾相识，于是东山在那个早晨敲开他房门时的情景便栩栩如生了。那个时候东山也像现在这样站在他对面，沙子在那时就透过东山红彤彤的神色看到了灰暗的灾难。现在这灾难不再抽象，而是十分具体地摆在沙子的视线中。然而沙子却无法透过这破碎的形象回归到昔日红彤彤的神采。他在这张脸上看到的依旧是灰暗的灾难，因此沙子隐约感到东山大难之后仍然劫数未尽。

东山并没有如沙子想象的那样在床上坐下来，他的神态说明他似乎要站到离开为止。尽管他的脸经历了毁灭，表情已经荡然无存，但是他的眼睛却强烈地表达了他此刻的心情。沙子似乎是通过两个小孔才看到他的眼睛，所以东山的眼睛并不让他感到近在咫尺，于是他也就无法体会到东山此刻心中的痛苦。这个痛苦现在由东山用嘴传达了。

他告诉沙子他已被露珠抛弃。

为了向沙子做出证明，东山从口袋里拿出了两张扑克牌。沙子接过来所看到的是红桃 Q 和黑桃 Q，他显然无法领会其中的含义。于是东山就要求他看一下反面。沙子翻过扑克牌以后，两个裸体美女的媚笑迎面而来。但是沙子没有兴趣，他脸上露出了遗憾的微笑，他对东山说：

"可惜她们没有辫子。"

"这并不重要。"

东山伸出一个手指说，东山自然无法像森林那样能够理解沙子对辫子的激情。他现在需要沙子证实一下她们是谁。

沙子仔细看了以后的回答使东山大失所望，沙子说：

"有点像彩蝶。"

于是东山告诉沙子，他之所以展示这两张扑克是因为它们与露珠有关。那个时候沙子看到东山毁坏的脸上出现了一把匕首的阴影，这个先兆使他不寒而栗。但是他随即便释然地发现这个阴影并没有针对他，因为东山已经直截了当地告诉他：

"她们就是露珠。"

东山明确地指出以后，沙子便不再吭声。虽然他把所有的想象力全都鼓动出来，但他还是无法找出露珠与这两个裸女有一丝形象上的近似。沙子没有把这种想法告诉东山，他这样做是因为他十分明白即便说了也是没有作用。沙子感到露珠不仅毁坏了东山的面容，而且还毁坏了东山的眼睛。他感到此刻悬挂在东山脸上的匕首般阴影，似乎在预告着露珠将自食其果，同时他又证实了刚才的预兆，那就是东山大难之后仍然劫数未尽。

十一

可以说当露珠把那一小瓶硝酸朝东山脸上泼去时，她没法料到自己的灾难也开始了。十天以后，东山从医院回到自己家中，他的脸仍被纱布围困着。露珠以当初东山扑到她窗口的激情迎了上去，她笨重的身体扑过去时竟然像一只麻雀一样灵巧。那个时候呈现在东山眼中的露珠光彩夺目，她扑过来的叫声使他感到热气腾腾。然而所有这一切都转瞬即逝，东山的热情还没有完全燃烧就已经熄灭。迎接露珠的是两道悲哀的目光。正是在这一刻，东山最初预感到了抛弃，就像当初露珠在他脸上所看到的朝三暮四，他现在在露珠脸上看到了。

在此后的日子里，东山的心里长出了一口阴暗的枯井，他感到自己像是逃避光亮一样坐入了井中。他在那里反复思考，这思考带来的全部后果便是露珠正在远去。那时候他的视野被一片荒漠所占有，他看着露珠在荒漠之中如何消失。那肥大的屁股像一辆马车一样摇摇晃晃，消失时东山仿佛看到他记忆里飘扬的鲜艳内裤猝然倒下。倒下后便什么也没有了，就是一丝灰尘也没有扬起。东山的思考来到这里之后并没有终止，而是继续前行。那时候他的目光则朝另一个方向飘去，他的目光穿越了所有过来的日子，停留在他们的婚礼上。然后又从婚礼上移开进入了那间屋子，是从那扇半掩的门上滑进去的。于是他看到露珠在床上翩翩起舞，露珠在那一刻挥舞出来的动作再一次重现了。东山在露珠的动作里看到了一种训练有素的姿态。这个发现使东山终于明白了他们婚姻的实质。东山感到露珠对他的抛弃已经由来已久，在尚未得到她时，他已经被她抛弃。因此东山领悟到了那些日子来晃动在他眼前的露珠其实只是一个躯壳，露珠的灵魂从来就没有进门过一次。那躯壳也不过是在他床上寄存一下，现在就是这躯壳也要被取回了。东山对这个即将来到的事实无力阻止，因为他明确地知道露珠已经付清了躯壳的寄存费，那就是他每一次在这躯壳上所得到的美妙乐趣。

命运在让东山的眼睛变形之后，并没有对露珠丢开不管，它使露珠的眼睛里始终出现了一层网状的雾障。这雾障曾经遮挡了东山的眼睛很久，因此露珠无法看到笼罩在东山头顶的灰暗。东山终日坐在墙角的孤独神态使她错误地理解为是对昔日面容的追怀。由于她歪曲了东山心中快速生长的嫉恨，所以她命中注定的灾难也就与日渐近。那个时候露珠显然心安理得，她已经毁灭了被东山抛弃的可能。她现在开始调动起全部的智慧，这些智慧的用处是今后生活的乐趣。今后的生活她将和东山共同承担，而换来的乐趣两人将平分秋色。露珠是在这种心情下解开了围困着东山面容的纱布，当东山支离破碎的面容解放出来时，露珠不由心满意足，因为东山此刻的面容正是她想象中的。然而东山从镜中看到自己的形象时，他立刻明白了露珠为何要取走她的躯壳，答案就在这张毁坏的脸上。如果这张脸如过去一样完好无损，东山感到露珠也许不会匆忙取走她的躯壳，也许会永久地寄存在他这里。现在该发生的已经无法避免。

东山在取下纱布的这天夜晚来到了屋外，他是在一种盲目的欲念驱使下走到屋外来的。他自然无法知道这盲目的欲念其实代表了命运的意志。命运在他做出选择之前就已经为他安排好了一切，他只能在命运指定的轨道里行走。不久之后他已经站在了广佛家的门前，虽然房屋里一片漆黑，他还是举起手来敲门。他并不感到自己敲门的动作强烈，但门框上的灰尘纷纷扬扬弥漫开来。那个时候旁边裂开了一条缝，一个孩子的脑袋探了出来，于是他和孩子之间就发生了一段简单的对话，对话的结果让他知道广佛已经死了。广佛已经死去的消息使他产生了隔世之感，当他转身走下楼去时，他听到自己的脚步声十分陌生。他就这样离开了广佛家。但是命运安排他出来并不只是让他得知这个消息，广佛不过是命运安排的一个转折，同时也是一个暗示。接下去出现的那个人才是命运的目的所在。东山现在已经走到了这里。那个时候一个陌生人拦住了东山的去路，那人从口袋里掏出了两张裸体扑克牌向东山展示。借着路灯的光线，东山看到了裸体的露珠。这两张扑克正是此后向沙子出示的那两张。

十二

森林从拘留所出来以后，发现沙子仍然逍遥法外，他不禁有

　　　　　　　　　　　　　　　　　　　　余华作品

些失望。这个失望使他明显地看到他们之间的距离依然存在。他在这天早晨再次用小拇指敲开了沙子的屋门。尽管他敲门时很执著，但他更希望沙子不在里面，而在拘留所的某一间小屋内。同样，森林的出来也使沙子感到不那么愉快，他以为森林在里面应该待得更久一些。然而森林仿佛看穿了沙子的心思，他颇为得意地说：

"我前天就出来了。"

森林在沙子床上坐下以后，他用手颇为神秘地指着放在他脚旁的黑色旅行包。他预言沙子无法猜出其中的含义，他说：

"虽然你很聪明。"

但是沙子提醒他：

"我从来不把自己的智慧消耗在一些无聊的小事上。"

"这我知道。"

森林挥了挥手。他告诉沙子在这点上他们有着共同之处，可是沙子却说：

"我看不出来。"

于是森林拉开了那个黑色旅行包，他从里面取出了一个很大的镜框。一段充满感激的文字歪歪斜斜地呈现在沙子眼中，仿佛每个字都喝醉了。当证实沙子已经看清后，森林才将镜框重新放回旅行包中。沙子这时说：

"这种镜框可以在好几家商店买到。"

"问题不在这里。"

森林又挥了挥手，他用那种沙子的腔调说。然后他十分严肃地告诉沙子他妻子服老鼠药自杀的过程。沙子听后马上让森林明白，那个过程他更清楚。森林却并不惊讶，他告诉沙子：

"但是她没死。"

这个消息显然是沙子没法料到的。森林一眼看出了沙子此刻的迷惑。他不禁微微一笑。随后他向沙子指明，这个镜框就是送给生产那包老鼠药的厂家。他说：

"世界上难道还有更优秀的制药厂吗？"

以至他妻子吃下整整一碗后居然还活着，所以：

"仅仅写封感谢信是不够的。"

这就是他为何不远千里专程送镜框去的原因所在。

沙子听完之后同意这不是一桩无聊的小事，沙子的同意无疑使森林十分喜悦。但是沙子随后尖锐地指出他现在已经从复仇者堕落为感恩者了。

森林听后轻轻一笑，然后他从口袋里拿出了一把小刀。他告诉沙子尽管这已不是上次出示的那把小刀，但它们一样锋利。接着他得意地让沙子明白，这把小刀不再像他的剪刀一样留恋于城内，这把小刀将杀向城外一千里的地方，因此不久之后沙子就会羞愧地发现自己的剪刀已经黯然失色。那时候他会来告诉沙子，这把小刀已经比他的剪刀：

"更为有力了。"

沙子却是轻蔑一笑，他指出森林的夸夸其谈是多么苍白无力后，他告诉森林，他的剪刀在剪完城里所有的辫子后自然会走向城外。但在此之前，他的剪刀决不会像森林的小刀一样好大喜功。

余华作品

森林的小刀不过割破了二十条裤子，二十这个数字太简单了，他提醒森林：

"就是婴儿也能说出更复杂一点的数字。"

沙子的回答无疑给了森林以重重一击，使森林看到了自己的羞愧。森林悲伤地低下了头，悄悄地将那把小刀收起。沙子在看到自己的胜利之后，并不打算乘胜追击。相反他十分大度地肯定了森林准备杀向城外的想法是可取的。他认为森林的这个想法，又一次使他感到他们的友谊朝前跨出了一大步。说完他向森林伸出了友谊之手。

两个人长久而有力地握手之后，来到了屋外，如同上次一样来到了屋外。不同的是现在是早晨，而上次是夜晚，现在他们去的地方是火车站，上次则是那条小河。但是心情是一样的。同样，不幸也正在前面等待着他们其中的一人。

那个早晨他们没有遇到东山，在他们走入车站候车室时，东山刚刚通过检票的进口走向一列绿颜色的列车。如果他们早一分钟到，他们就会遇到东山。他们走入候车室后，在东山刚才坐过的地方坐了下来。但是他们遇到了彩蝶，他们是在那条大街的转弯处遇到彩蝶的。那个时候彩蝶的眼皮上仍然有着两块小小的纱布，她嘴角挂着迷人的微笑向他们走来，然后她却如同没有看到一样与他们擦身而过。在彩蝶异样的神色里，森林似乎看到了什么，可他一时又回想不起来。所以森林开始愁眉苦脸，森林的愁眉苦脸一直继续到车站的候车室。那时候他的脸才豁然开朗，他告诉沙子他刚才在彩蝶脸上看到了什么，他说：

"广佛临终时的神色。"

这时候有几个民警出现在他们面前，民警在证实了谁是沙子后，就把沙子带走了。时隔多日以后，沙子回想起在自己被带走的那一刻，森林脸上怎样流淌出得意的神采时，他才领悟到自己是在什么时候被森林出卖的。对于森林来说，沙子的倒霉使他远行的路途踏实了，他终于能够亲眼看到沙子也难逃劫数。

十三

那天晚上东山离开以后，沙子并没有立刻睡去。那时候有一条狗从他窗下经过，狗经过时汪汪叫了两声。狗叫声和月光一起穿过窗玻璃来到了他床上，那种叫声在沙子听来如同一个女人的惨叫。在此后的一片寂静里，沙子准确地预感到露珠大难临头了。

那时候东山来到街上时，街上已经寂静无人，几只路灯的灯光晃晃悠悠。这种景象显然很合东山当初的心情。他听着自己的脚步声沙沙地在街上响着，这声响使他的愤怒得到延伸。这延伸将他带到了自己家门口。

他将钥匙插入锁孔转动后出现了咔嚓一声，他进屋后猛地关上门，门发出了砰的一声巨响。这两种声音显然代表了他当初的心情。尽管他还没法知道自己接下去会干些什么，但在意识深处他仿佛觉得这两种声响来自于露珠的躯壳，于是他激动地战栗了一下。

那个时候他在漆黑中听到了露珠的鼾声，这充满情欲的声音此刻已经失去魅力。那鼾声就像一道光亮一样，指引着东山的嫉恨来到这间小屋。那时东山听到露珠翻身时床嘎吱嘎吱响了一阵。床的响声和刚才那两声一样硬朗，东山在听到这强硬的声响时，又激动地战栗了一下。

他在漆黑里站了片刻，然后他伸手拉开了装在门框上的电灯开关，随着"啪"的一声一片光亮突然展现。他看到露珠侧身睡在床上，露珠的模样像是一件巨大的瓷器。灯光呈现时，卷在露珠身上的被子发出闪闪绿光。东山走了过去。那个时候露珠睡眼蒙眬醒来了，她发现东山时显示了无比的喜悦，这种喜悦她用目光来传达。可是东山所看到的却是那种只有荡妇才具有的野兽般目光。正是这喜悦的目光把露珠送进了灾难的手中。在那一刻里，东山开始明确了自己该干些什么。他十分粗暴地掀开了盖在露珠身上的被子。这个动作无可非议地暗示了灾难即将来到，可是露珠的眼睛却没有看到，就像她一直没有看清东山近日来的内心一样。所以当东山掀开被子时，她把这种粗暴理解为激情正在洋溢，那种激情她曾在婚礼上尽情享受过。于是她不由重温了婚礼上的那个美妙插曲，她的脸上开始出现斑斑红点。

此刻那两张裸体扑克在东山脑中清晰地显示出来，它们就放在右侧的口袋里。但东山觉得没必要拿出来重复一下，因为更生动的形象就在床上。这个时候他听到一个声音从自己嘴里奔出，那是他进屋后听到的第四次强硬的声音，那是一种比匕首还要锋利的声音，他要露珠去掉此刻盘踞在她身上的胸罩和短裤。露珠又一次错误地理解了东山，她以现在的错误去证实刚才的错误，所以她确信无疑地认为，东山的激情已经到了无法压制即将奔泻的时候了。因此她十分麻利地脱下了胸罩和短裤，她感到自己赤裸的躯体魅力无穷，她以为东山就要肆无忌惮了。可是东山的目光一下子变得令她莫名其妙。刚才那种锋利的声音又响了起来。她按照声音指示来到了床下，她现在站在东山面前了。她感到胸部很沉重，这沉重使她得意洋洋，然而东山却往后退去，一直退到门旁，东山的神态又一次使她莫名其妙。但她随即便认为自己正在被一种情欲观赏，而那种情欲从观赏到进入将会瞬间来到。这时候她听到东山要求她把双手叉在腰间的声音，于是她就将双手叉了上去。但是她感到这样的姿态似乎呆板，所以就自作主张地微微曲起右腿。这无疑是她所犯的所有错误里最为严重的。右腿微微曲起后，刚好符合了东山口袋里黑桃 Q 反面所展示的姿态。不久之后她又听到东山要求她把双手放到脑后去的声音，她再次照办了。那个时候她的双腿不由自主地并拢到一起。这一次的姿态符合了红桃 Q 反面所展示的。到这时露珠显然已经看到东山眼中可怕的目光，可是她忽视了。她不仅忽视而且还卖弄风骚地扭动了一下。于是东山那张破烂的脸像是要燃烧似的扭曲了。这时露珠似乎听到了一种奇怪的声音，她看到东山朝自己走了过来，于是那声音也就越来越清晰。当她看到东山随手拿起一只烟缸时，她终于听清了那是父亲咳嗽般的笑声，这笑声的突然来到使她大吃一惊，这时那个烟缸已经奔她前额而来了，她看到烟缸如闪电一样划出了一道白光，她还没失声惊叫，前额就已经遭到了猛烈一击。她双腿一软倒了下去，脑袋后仰靠在了床沿上。

东山随手操起烟缸向露珠头顶砸去时，他没有听到烟缸打在她脑壳上的声音，那时露珠的失声惊叫掩盖了这种声音。露珠的惊叫让东山感到是一条经过附近的狗的随便叫声。随后露珠的身体像一条卷着的被子一样掉落在地。那个时候东山才发现烟缸已经破碎，碎片掉在地上时纷纷响起刚才关门时那种"砰"的声响，但是东山对这种过于轻微的声音十分不满。他现在心中的嫉恨需要更为强烈的声响来平息。于是他操起近旁的一把凳子，猛地朝露珠头上砸去，凳子的两条腿断了，刚才床的"嘎吱"声短暂地重现。他听到露珠窒息般地呻吟了一下，同时他看到露珠脑袋歪过去时眼皮微微跳动了一下。这情形使东山对自己极为恼火。于是他又操起了另一把凳子，可是他马上觉得它太轻而扔在了一旁。接着他的眼睛在屋内寻找，不一会他看中了那个衣架，但是当他提起衣架时又觉得它太长而挥舞不开。然后他看到了放在墙角的台扇，台扇的风叶已经取掉。他走过去提起台扇时马上感到它正合适。他就用台扇的底座朝露珠的脑袋劈去，他听到了十分沉重的"咔嚓"一声，这正是他进屋时钥匙转动的声音，但现在的咔嚓声已经扩张了几十倍。这时露珠的脑袋像是一个被切开的西瓜一样裂开了。东山看着里面的脑浆和鲜血怎样从裂口溢出，它们混合在一起如同一股脓血。灯光从裂口照进去时，东山看到了一撮头发像是茅草一样生长在里面。

十四

　　东山拂晓时走入了这条小巷，东山的出现，完成了老中医多日前的预测。那时早晨已经挂在了巷口的天上，东山从那里走了进来，走入了老中医的视线。东山是这一天第一个走入他视线的人，在此之前有一只怀孕的猫在巷口蹒跚地踱过。尽管东山的面容已被硝酸全盘否定，但是老中医还是一眼认出了他，在那个绵绵阴雨之晨第一次走来的年轻人。因此此刻看着东山走来时，他的心脏和两个肺叶喜悦地碰撞了一下。东山摇摇晃晃地走到窗下时站住了脚，然后微微仰起了脸。老中医深刻领会了这个回首往事的姿态。接着东山的身影在下面一闪后便消失，老中医听到楼下那扇门"呀"地一声，随即是门框上的灰尘窸窸窣窣掉落下去的声音，然后是几下轻重不一的脚步。从脚步的声响里，老中医精确地计算出东山进屋以后跨出了几步，和每一步的距离。当他离开窗口准备趴到地板上那个小孔去时，他感到东山就在下面。

　　东山是看着露珠体内的鲜血从头顶溢尽后才离开的，那时候他的嫉恨也流尽了。于是他感到内心空空荡荡。他在城里的街道上转悠了很久后，才决定来这里的。那时拂晓已经开始，他显然看到了那一片最初出现的朝霞，朝霞使他重温了露珠的鲜血在地板上流淌的情形。现在他已经站在了老中医的左眼珠下面，昏暗的四壁使他感到口干舌燥。这时他听到了从上面像灰尘一样掉落下来的声音：

　　"你来了。"

这声音使东山感到老中医已经等待很久了。

东山告诉他：

"我把露珠杀了，她抛弃了我……"

他听到自己的声音有气无力地在屋内嗡嗡地响着。随后他听到头顶上有一张旧报纸在窸窸窣窣掉下来，他听到老中医说：

"你把头仰起来。"

东山把头仰了起来，他看到楼板上布满了蜘蛛网，但他没看到那个小孔。

"我看不清你的脸。"

老中医说。他的声音因为隔着一层楼板而显得遥远和缥缈。随后他指示东山：

"你向右走两步……伸出右手……摸到电灯开关上……打亮电灯吧。"

东山打亮电灯以后，老中医又指示他：

"你可以回到刚才的地方了。"

东山便回到刚才的地方。

"把头仰起来。"

东山仰起头以后，电灯的光线直奔他的眼睛而来，同时一种咳嗽般的笑声也直奔他的眼睛而来。

"露珠干得不错。"

老中医在看清了东山破烂的脸以后，显然感到心满意足，他告诉东山：

"你的脸像一条布满补丁的灰短裤。"

然后东山听到老中医像是移动椅子似的脚步声，接着楼上响起了一丝金属碰撞玻璃的声音，那声音里还包含着滴水声。不久之后他听到楼梯上那扇门伤心地"呀"了一声，门开了。然后好像是一只玻璃瓶搁在楼梯上的迟钝响声，接着门又"呀"的一声关上了。他听到老中医在说：

　　"你用舌头舔嘴唇，说明你需要水。去拿吧，就在楼梯上。"

　　于是东山就沿着灰暗的楼梯走上去，那楼梯像是要塌了似的摇晃起来。在楼梯的最后一阶上，东山看到了一只形状古怪的玻璃杯。他走上去拿起了这只玻璃杯，里面水的晃动声使东山十分感动。他没有观察一下里面水的颜色，就一口喝干了，喝干以后他觉得那水的味道和玻璃杯的形状一样，十分古怪。然后他一步一步地走下了楼梯。在他走下楼梯的时候，他听到了老中医不容争辩的声音，开始习惯了刚才那种缥缈的声音的东山，对这坚定的声音有些不知所措。老中医说：

　　"你可以离开了。你走到巷口以后往右拐弯，走二十分钟后你就走到了那个十字路口，这一次你应该向左走。然后你一直往前，在路上不要和任何人说话，这样也就无人能够认出你。你会顺利地走进火车站，然后会同样顺利地买到一张车票。向南也好，向北也好，只要你能逃离这里一千里，你就可以重新生活了。年轻人，现在你可以走了。"

　　　　　　　　　　　　　　　　　　　　　　　| 余华作品

十五

那天晚上，彩蝶在经历了漫长的绝望之后，终于对自己的翌日做出了选择。那时候她听到对面人家的一台老式挂钟敲了三下。钟声悠扬地平息了她心中的痛苦。在钟声里，一座已经拆除脚手架但尚未交付使用的建筑栩栩如生地出现了。她在这座虚幻的建筑里平静地睡去了。

当她早晨起床后，她奇怪地发现自己竟然心情很好。那时候她已经坐在梳妆台前，屋外的阳光透过窗玻璃照到了镜子上。所以她在镜中凝视着自己的脸时，感到这张脸闪闪发亮。但她同时又似乎感到自己正被一双陌生的眼睛凝视。然后她离开了梳妆台，走到窗前打开窗户，屋外潮湿的空气进来时，使窗帘轻轻地摇晃了一下。然而这个索然无味的情形却使她不禁微微一笑。于是她又一次对自己的心情感到奇怪。但是她的奇怪并没有得到发展，当她关上门走到屋外时，那种奇怪便被她锁在了屋内。因此广佛在临终时的预告将不受阻挠地成为现实了。

彩蝶走在那条小巷之中时，她不可能知道这种心情其实是命运的阴险安排。所以当她明知自己在走向毁灭时，却丝毫没有胆怯之感。相反她感到心满意足。她觉得一切忧伤都在远去，她在走向永久的宁静。命运在这天早晨为她制造了这样的心情，于是也就清扫了彩蝶走向毁灭路中的所有障碍。

彩蝶在走出小巷时，她看到了生命的最后印象。她那时看到一辆破自行车斜靠在一根水泥电线杆上，阳光照在车轮上。她看到两个车轮锈迹斑斑，于是在那一刻里她感到阳光也锈迹斑斑。这个生命的最后印象，在此后的一个小时里始终伴随着彩蝶。

彩蝶嘴角挂着迷人的微笑走出了小巷，然后她向右拐弯了，拐弯以后她行走在人行道上。阳光为梧桐树叶在道上制造了很多阴影，那些阴影无疑再次使彩蝶感到锈迹斑斑。那个时候她感到身旁的马路像是一条河流，她行走在河边。她恍若感到有几个人的目光在自己身上闪闪烁烁，她感到他们的目光也是锈迹斑斑。她就这样走过了银行、杂货商店、影剧院、牙防所、美发店……如同看一下饭店里的菜单一样，她走了过去。然后她来到了昨晚随着钟声出现的那座建筑前。她一转身就进去了，那时候挂在她嘴角的微笑仍然很迷人。她的脚开始沿着楼梯上升，她一直走到楼梯的消失。一座大厅空空荡荡地出现在眼前。她在大厅的窗玻璃上看到了斑斑油漆，因此她在那条巷口得到的锈迹斑斑的印象，此刻被这些窗玻璃生动地发展了。她用笔直的角度走到了一扇敞开的窗前。她站在窗口居高临下地看了几眼这座小城。展现在她视野中的是高低起伏的房屋，像蚯蚓一样的街道，以及寄生在里面的树木。所有这一切最后一次让她感到了锈迹斑斑，于是她感到整个世界都是锈迹斑斑。后来她就爬到了窗沿上，那个时候广佛在审判庭里夸夸其谈的声音也锈迹斑斑地出现了。

时隔几日以后，沙子坐在拘留所冰凉的水泥地上，以无法排遣的寂寞开始回想起他那天在路上遇到彩蝶的情景。那时候他的眼睛注视着那个名叫窗口的小洞，彩蝶迷人的微笑便在那里出现了。尽管那时还没有人告诉他彩蝶的死讯，但他已经预感到了，所以他脸上出现了心满意足的微笑。

直到很久以后，那一天里看到过彩蝶的人在此后回想起当初的情景时，都激动不已。那时候沙子已经从拘留所里出来了。一个十六岁的少年眼泪汪汪地告诉沙子：

"她漂亮极了。"

曾经在彩蝶揭纱布仪式上指出"两条刀疤"的那个男人，是在那家杂货商店门口看到彩蝶走来的。他后来是这样对沙子说的：

"她简直灿烂无比。"

但是沙子的祖母，一个八十岁的老人却并不那样看。她说是在米行那个地方看到彩蝶的。事实上她是在影剧院前看到彩蝶，那个地方作为米行是四十多年前的事。自然她没有说看到彩蝶，她说是看到了一个妖精，并且非常坚决地断定那是一个跳楼自杀的女人。直到后来她重温那一幕时仍然战战兢兢，她告诉沙子：

"她眼睛里放射着绿光。"

沙子肯定他祖母在影剧院前看到的那个年轻女子就是彩蝶，并不是武断的猜想。因为与此同时他的一个远房表妹也在那地方看到过彩蝶。他表妹在回忆那天的情景时没别人那么激动，她显得十分冷漠，她对沙子说：

"他们是在虚张声势。"

沙子的表妹在那天里同样走了彩蝶走的那条路，因为其间她在美发店前看了一会广告，所以当她走到那座建筑前时，刚好目睹了彩蝶跳楼时的情景。

她告诉沙子彩蝶是头朝下跳下来的，像是一只破麻袋一样掉了下来。彩蝶的头部首先是撞在一根水泥电线杆的顶端，那时候她听到了一种鸡蛋敲破般的声音。然后彩蝶的身体掉在了五根电线上，那身体便左右摇晃起来，一直摇晃了很久。所以彩蝶头上的鲜血一滴一滴掉下来时也是摇摇晃晃的。

十六

在很多日子过去以后，一个偶然的机会使东山看到了森林。东山在那个早晨按照老中医的指示走进了一列北上的列车，他在列车上昏睡了两天一夜，当他走下列车时感到自己被虚汗浸透了。然后又经历了欲生不能的三天，此后他的体质才慢慢恢复过来。当他大病初愈般地重新回想起那个早晨的情景时，他才深刻地领悟到那个老中医让他喝下的是什么，因为从此以后他永久地阳痿了。即便他尚能苟且活下去，他也不能以一个男人自居了。

森林出现的时候，东山正坐在一千里以外的某座小城的某一条街道旁，他重新的生活是从饥寒交迫开始的。森林从他面前走过去，森林没有看到他。他看着森林背着一只黑色旅行包走入了车站。他并不知道森林出来的事，但现在他知道森林是要回去了。

一九八八年一月十八日

　　　　　　　　　　　　　　　| 余华作品

世事如烟

第一节

一

　　窗外滴着春天最初的眼泪，7卧床不起已经几日了。他是在儿子五岁生日时病倒的，起先还能走着去看中医，此后就只能由妻子搀扶，再此后便终日卧床。眼看着7一天比一天憔悴下去，作为妻子的心中出现了一张像白纸一样的脸，和五根像白色粉笔一样的手指。算命先生的形象坐落在几条贯穿起来后出现的街道的一隅，在那充满阴影的屋子里，算命先生的头发散发着绿色的荧荧之光。在这一刻里，她第一次感到应该将丈夫从那几个精神饱满的中医手中取回，然后去交给苍白的算命先生。她望着窗玻璃上呈爆炸状流动的水珠，水珠的形态令她感到窗玻璃正在四分五裂。这不吉的景物似乎是在暗示着7的命运结局。所以儿子站在窗下的头颅在她眼中恍若一片乌云。

在病倒的那天晚上，7清晰地听到了隔壁4的梦语。4是一个十六岁的女孩，她的梦语如一阵阵从江面上吹过的风。随着7病情的日趋严重，4的梦语也日趋强烈起来。因此黑夜降临后4的梦语，使7的内心感到十分温暖。然而六十多岁的3却使7躁动不安。7一病不起以后，无眠之夜来临了。他在聆听4如风吹皱水面般的梦语的同时，他无法拒绝3与她孙儿同床共卧的古怪之声。3的孙儿已是一个十九岁的粗壮男子了，可依旧与他祖母同床。他可以想象出祖孙二人在床上的睡态，那便是他和妻子的睡态。这个想象来源于那一系列的古怪之声。

有一只鸟在雨的远处飞来，7听到了鸟的鸣叫。鸟鸣使7感到十分空洞。然后鸟又飞走了。一条湿漉漉的街道出现在7虚幻的目光里，恍若五岁的儿子留在袖管上一道亮晶晶的鼻涕痕迹。一个瞎子坐在一块大石头上，他清秀的脸上有着点点雀斑。他知道很多已经发生和正在发生的事，所以他的沉默是异常丰富的。算命先生的儿子在这条街上走过，他像一根竹竿一样走过了瞎子的身旁。一个灰衣女人的身影局部地出现在某一扇玻璃窗上，司机驾驶着一辆蓝颜色的卡车从那里疾驰而过，溅起的泥浆扑向那扇玻璃窗和里面的灰衣女人。6迈着跳蚤似的脚步出现在一个胡同口，他赶着一群少女就像赶着一群鸭子。2嘴里叼着烟走来，他不小心滑了一下，但是没有摔倒。一个少女死了，她的尸体躺在泥土之上。一个少女疯了，她的身体变得飘忽了。算命先生始终坐在那间昏暗的屋子里，好像所有一切都在他意料之中。一条狭窄的江在烟雾里流淌着刷刷的声音，岸边的一株桃树正在盛开着鲜艳的粉红色。7坐在一条小舟之中，在江面上像一片枯叶似的漂浮，他听到江水里有弦乐之声。

这时候7的妻子听到接生婆和4的父亲的对话，对话中间有着滴滴答答的水声。她转过身来注视着7，发现他的两只眼睛如同灌满泥浆，没有一丝光泽。然而他的两只耳朵却精神抖擞地耸在那里，她看到7的耳朵十分隐蔽地跳动着。

怕是鬼魂附身了。接生婆说。

我也这么担心。4的父亲对女儿的梦语表现得忧心忡忡。

去找找算命先生吧。接生婆建议。

二

司机在这天早晨醒来时十分疲倦，这种疲倦使他感到浑身潮湿。深夜在他枕边产生的那个梦，现在笼罩着他的情绪。他躺在床上听着母亲和4的父亲的对话，他们的声音往来于雨中，所以在司机听来那声音拖着一串串滴滴答答的响声。他们是在谈论着算命先生，已年近九十的算命先生为何长寿。算命先生的五个子女已经死去四个，子女的早殁，做父亲的必会长寿。他们的对话使司机觉得心里有一块泥土。司机眼前仿佛出现了算命先生第五个儿子的形象，那个五十多岁仍然独身的瘦长男子，心事重重地走在街道上，他拖着一条像竹竿一样的影子。母亲走进屋来了，她走到儿子卧室的门口，朝他看了一下。作为接生婆的母亲有时也能释梦。但司机并没有立即将这个梦告诉她。他是在起床以后，而且又吃了早餐，然后才郑重其事地将梦向母亲叙述。

那时候母亲十分安详地坐在远离窗户的一把椅子里，因此她的身上没有那类夸张的光亮。儿子向她走来时，她脸上出现了会意的微笑。

你有什么事要告诉我？她这样说。

我梦见了一个灰衣女人。他开始了他的叙述。我那时正将卡车驰到一条盘山公路上，我看到了那个灰衣女人，她没有躲让，我也没有刹车，然后卡车就从她身上过去了。

接生婆感到这个梦过于复杂，她告诉儿子：

如果你梦见了狗，我会告诉你要失财了；如果你梦见了火，我会告诉你要进财了；如果你梦见了棺材，我会告诉你要升官了。

但是这个梦使接生婆感到为难，因为在这个梦里缺乏她所需要的那种有明确暗示的景与物。尽管她再三希望儿子能够提供这些东西。可是司机告诉她除了他已经说过的，别的什么也没有。所以接生婆只好坦率地承认自己无力破释此梦。但她还是明显地感到了这个梦里有一种先兆。她对儿子说：

去问问算命先生吧。

三

司机随母亲走出了家门，两把黑伞在雨中舒展开来。瘦小的母亲走在前面，使儿子心里涌上一股怜悯之意。这时候4出现在门口，她似乎已经知道自己每晚梦语不止，而且还知道这梦语给院中所有人家都笼罩上了什么，所以她脸上的神色与她那黑色长裤一样阴沉，然而她却背着一只鲜艳的红色书包。司机觉得她异常美丽。但是3的孙儿的目光破坏了司机对她的注视，尽管司机知道他的目光并不意味着什么，可是司机无法忍受他的目光对自己的搜查。司机想起了他与他祖母那一层神秘的关系。司机的目光从4脸上匆忙移开以后，又从7的窗户上飘过，他隐约看到7的妻子坐在床沿上的一团黑影。然后司机走到了院外。他听到4在身后的脚步声，在那清脆的声音里，司机感到走在前面的母亲的脚步就显得迟钝了。

瞎子坐在那条湿漉漉的街道上，绵绵阴雨使他和那条街道一样湿漉漉。二十多年前，他被遗弃在一个名叫半路的地方，二十多年后，他坐在了这里。就在近旁有一所中学，瞎子坐到这里来是因为能够听到那些女中学生动人的声音，她们的声音使他感到心中有一股泉水在流淌。瞎子住在城南的一所养老院里，他和一个傻子一个酒鬼住在一起，酒鬼将年轻时的放荡经历全部告诉了瞎子，他告诉他手触摸女人肌肤上的感觉，就像手放在面粉上的感觉一样。后来，瞎子就坐到这里来了。但起先瞎子并不是每日都来这里，只是有一日他听了4的声音以后，他才日日坐到这里。

那似乎已是很久以前的事了，那时候有好几个女学生的声音从他身旁经过，他在那里面第一次听到4的声音。4只是十分平常地说了一句很短的话，但是她的声音却像一股风一样吹入了瞎子的内心，那声音像水果一样甘美，向瞎子飘来时仿佛滴下了几颗水珠。4的突出的声音在瞎子的心上留下了一道很难消失的瘢痕。瞎子便日日坐到这里来了，瞎子每次听到4的声音时都将颤抖不已。可是最近一些日子瞎子不再听到4的声音了。司机和接生婆从他身旁经过时，他听到了雨鞋踩进水中水珠四溅的声音，根据雨鞋的声响，他准确地判断出他们走去的方向。可是4紧接着从他身旁走过时，他却并不知道在这个人的嗓子里有着他日夜期待的声音。

司机是第一次来到算命先生的住所，他收起雨伞，像母亲那样搁在地上。然后他们通过长长的走道，走入了算命先生的小屋。首先进入司机视线的是五只凶狠的公鸡，然后司机看到了一个灰衣女人的背影。那女人现在站起来并且转身朝他走来，这使司机不由一怔。灰衣女人迅速从他身旁经过，深夜的那个梦此刻清晰地再现了。他奇怪母亲竟然对刚才这一幕毫不在意。他听到母亲将那个梦告诉了算命先生。算命先生并不立即作出回答，他向接生婆要了司机的生辰八字，经过一番喃喃低语后，算命先生告诉接生婆：

你儿子现在一只脚还在生处，另一只脚踩进死里了。

司机听到母亲问：

怎样才能抽出那只脚？

无法抽回了。算命先生回答。但是可以防止另一只脚也踩进死里。

算命先生说：在路上凡遇上穿灰衣的女人，都要立刻将卡车停下来。

司机看到母亲的右手插入了口袋，然后取出一元钱递了过去，放在算命先生的手里。他看到算命先生的手像肌肉皮肤消失以后剩下的白骨。

四

司机梦境中的灰衣女人，在算命先生住所出现的两日后再次出现。

那时候司机驾驶着蓝颜色的卡车在盘山公路上，是临近黄昏的时候。他通过敞开的车窗玻璃，居高临下地看着这座小城。小城如同一堆破碎的砖瓦堆在那里。

灰衣女人是在这个时候出现的，她沿着公路往下走去，山上的风使她的衣服改变了原有的形状。

因为阴天的缘故，司机没有一下子辨认出她身上衣服的颜色。虽然很远他就发现了她，但是那件衣服仿佛是藏青色的，所以他没有引起警惕。直到卡车接近灰衣女人时，司机才蓦然醒悟，当他踩住刹车时，卡车已经超过了灰衣女人。

然而当司机跳下卡车时，灰衣女人从卡车的右侧飘然出现，司机感到一切都没有发生。同时他一眼认出眼前这个灰衣女人，正是两日前在算命先生处所遇到的。尽管风将她的头发吹得很乱，但却没有吹散她脸上阴沉的神色，她朝司机迎面走来，使司机感到自己似乎正置身于算命先生的小屋之中。

司机伸出双手拦住她，他告诉她，他愿意出二十元钱买下她身上的灰色上衣。

司机的举动使她感到奇怪，所以她怔怔地看了他很久。然而当司机递过二十元钱时，她还是脱下了最多只值五元的灰色上衣。灰衣女人脱下上衣以后，里面一件黑色的毛衣就暴露无遗了。

司机接过衣服时感到衣服十分冰冷，恍若是从死人身上刚刚剥下的。这个感觉使他的某种预兆得以证实。他将衣服铺在卡车右侧的前轮下面，然后上车发动了汽车，他看了一眼此刻站在路旁的女人，她正疑惑地望着他。卡车车轮就从衣服上面碾了过去。女人一闪消失了。但司机又立刻在反光镜中找到了她，她在反光镜中的形象显得很肥胖，她的形象越来越小，最后没有了。然而直到卡车驰入小城时，司机仍然没能在脑中摆脱她——她穿着那件灰色上衣在公路上有点飘动似的走着。但是司机已经心安理得，那件灰色上衣已经替他承受了灾难。

第二节

一

6 在那个阴雨之晨，依然像往常那样起床很早，他要去江边钓鱼。还在他第一个女儿出生时，他就有了这个习惯。他妻子为他生下第七个女儿后便魂归西天。他很难忘记妻子在临死前脸上的神色，那神色里有着明显的嫉妒。多年之后，他的七个女儿已经不再成为累赘，已经变为财富。这时候他再回想妻子临死时的神态时，似乎有所领悟了。他以每个三千元的代价将前面六个女儿卖到了天南海北。卖出去的女儿中只有三女儿曾来过一封信，那是一封诉说苦难和怀念以往的信，信的末尾她这样写道：

> 看来我不会活得太久了。

6 十分吃力地读完这封信，然后就十分随便地将信往桌子上一扔。后来这封信就消失了。6 也没有去寻找，他在读完信的同时，就将此信彻底遗忘。事实上那封信一直被 6 的第七个女儿收藏着。

在 6 起床的时候，他女儿也醒了。这个才十六岁的少女近来噩梦缠身，一个身穿羊皮夹克的男子屡屡在她梦中出现。那个男子总是张牙舞爪地向她走来，当他抓住她的手时，她感到无力反抗。这个身穿羊皮夹克的男子，她在现实里见到过六次，每次他离开时，她便有一个姐姐从此消失。如今他屡屡出现在她的梦中，一种不祥的预兆便笼罩了她。显然她从三姐的信中看到了自己的以后，而且这个以后正一日近似一日地来到她身旁。在那以后的岁月里，她看到自己被那个羊皮夹克拖着行走在一片茫茫之中。

她听到父亲起床时踢倒了一只凳子，然后父亲拖着拖鞋吧嗒吧嗒地走出了卧室，她知道他正走向那扇门，门角落里放着他的鱼竿。他咳嗽着走出了家门，那声音像是一场阵雨。咳嗽声在渐渐远去，然而咳嗽声远去以后并没有在她耳边消失。

6 来到户外时，天色依旧漆黑一片，街上只有几只昏暗的路灯，蒙蒙细雨从浅青色的灯光里潇潇飘落，仿佛是很多萤火虫在倾泻下来。他来到江边时，江水在黑色里流动，泛出了点点光亮，蒙蒙细雨使他感到四周都在一片烟雾笼罩下。借着街道那边隐约飘来的亮光，他发现江岸上已经坐着两个垂钓的人。那两人紧挨在一起，看去如同是连接在一起。他心里感到很奇怪，竟然还有人比他更早来这里。然后他就在往常坐的那块石头上坐了下来，这时候他感到身上正在一阵阵发冷，仿佛从那两个人身上正升起一股冰冷的风向他吹来。他将鱼钩甩入江中以后，就侧过脸去打量那两个人。他发现他们总是不一会工夫就同时从江水里钓上来两条鱼，而且竟然是无声无息，没有鱼的挣扎声也没有江水的破裂声。接下去他发现他们又总是同时将钓上来的鱼吃下去。他看到他们的手伸出去抓住了鱼，然后放到了嘴边。鱼的鳞片在黑暗里闪烁着微弱的亮光，他看着他们怎样迅速地把那些亮光吃下去。同样也是无声无息。这情形一直持续了很久。后来天色微微亮起来，于是他看清了那两人手中的鱼竿没有鱼钩和鱼浮，也没有线，不过是两根长长的类似竹竿的东西。接着他又看清了那两个人没有腿，所以他们并不是坐在江岸上，而是站在那里。他们的脸上无法看清，他似乎感到他们的脸的正面与反面并无多大区别。这个时候他听到了远处有一只公鸡啼叫的声音，声音来到时，6看到那两人一齐跳入了江中，江水四溅开来，却没有多大声响。此后一切如同以往。

二

　　灰衣女人这天一早去见算命先生，是因为她女儿婚后五年仍不怀孕。于是她怀疑女儿的生辰八字是否与女婿的有所冲突。这种想法在她心里已经埋藏很久了，直到这一日她才决定去请教算命先生。所以天一亮她就出门了。她在胡同口遇到6，那时6从江边回来。她从6的眼睛里恍恍惚惚地看到了一种粉红色。6从她的身边走过时，她感到自己的衣服微微掀动了一下。她不由回头看了他一眼，6的背影使她心里产生了沉重之感。这种感觉在她行走时似乎加重了。阴沉的雨天使她的呼吸像是屋檐的滴水一样缓慢。不久之后，瞎子出现在她面前，瞎子是坐在算命先生居住处的街口。那时候有一群上学的女孩子从这里经过，她们像一群麻雀一样喳喳叫着，她们的声音在这雨天里显得鲜艳无比。灰衣女人看到瞎子此刻的脸上有一种不可思议的紧张。在她的记忆深处，瞎子已经坐在了这里，但她无法判断瞎子端坐在此已有多少时日，只是依稀感到已经很久远。

在走入算命先生住所时，一个瘦长的男子迎面而来，她不用侧身，此人便顺利地通过了狭窄的门。她一眼认出这个五十来岁的男子正是算命先生最小的儿子。她又回头望去，那男子瘦长的身体在街上行走时似乎更像是一个影子。

然后她才来到了算命先生的小屋，年近九十的算命先生似乎已经知道了她的来意，他那张惨白的脸上露出的笑意使她感到了这一点。这时那五只公鸡突然凶狠地啼叫了起来，公鸡的啼叫声十分尖利。公鸡和刚才门口所遇的瘦子联系起来以后，使灰衣女人想起了很多有关算命先生的传说。

灰衣女人将自己的来意如实告诉了算命先生，她听到自己的声音在小屋里回响时十分沉闷。

算命先生在掌握灰衣女人的女儿与女婿的生辰八字以后，明确告诉她，他们是天生的一对，在命上不存在任何冲突。

可是已经五年了。灰衣女人提醒他。

算命先生对此表示爱莫能助，但他还是指点了灰衣女人，让她将此事去拜托城外那座寺庙里的送子观音，他说也许观音会托梦给她的，让她得知其中因由。

灰衣女人是在这时起身的，那时司机和他的母亲刚刚来到，她没有注意他们，所以也就无法知道自己已被司机深深地注意上了。

按照算命先生的指点，灰衣女人在离开以后没有回家，直接去了城外那座在山腰上的寺庙。她在那里磕拜了庞大的金光闪闪的送子观音，又烧了几炷香，然后才回到家中。整个一天她都心神不定，总算等到了天黑，于是她上床睡去。翌日凌晨醒来时，果然记忆起一梦，那梦很模糊，仿佛发生在那座寺庙里。送子观音在梦中的模样不是金光闪闪，似乎很灰暗，那座寺庙让她感到很空洞，送子观音那悬挂笑容的嘴没有动，但她听到一个宽阔的声音在飘落下来：能否生育要问街上人。灰衣女人是在这个时候醒来的，她完整地回想出了这个梦，所以她立刻起床，没有梳妆就来到了胡同外的街上。

那时候天还没有明亮，只是东方有一片红色正逗留在某一个山顶上，很像是嘴唇，街上已经有隐隐约约的脚步声了，但她没有看到人。很久以后，三个挑担的男子在模糊中朝她走来，她便迎了上去。因为担子的沉重，还在远处她就听到了扁担嘎吱嘎吱的声响。她走到近前，看到第一个担子是苹果，第二个担子是香蕉，第三个担子却是橘子。她觉得只有橘子才会有籽，因此就走到了第三个男子面前，那是一个三十来岁的壮实汉子，在他宽阔的脸上有汗珠在滚动。然后他们之间发生了一次对话。

灰衣女人问：卖不卖？

男子回答：卖。

是有籽的吧？她问。

无籽。男子说。

这个回答使灰衣女人蓦然一怔，良久之后，她才在心中对自己说，看来是天绝女儿了。于是灰衣女人算是明白了女儿婚后五年不孕的因由所在。

三

　　灰衣女人在得到无籽蜜橘的暗示以后，经历了两个白天一个夜晚的深深失望。然而当第二个夜晚来临前，她心里又死灰复燃。因此她再次去了城外的那座寺庙，她在离开寺庙走在下山的公路上时，她遇到了司机。司机的古怪行为使她疑惑不解。尽管如此，她还是脱下外衣给了他。然而在接过那二十元钱时，她手上产生了虚假的感觉。但是通过眼睛的判断，她就对这二十元钱确信无疑了。然后她看着司机弯下腰将她的衣服垫在车轮下，又看着他上车开动汽车。那时司机望了她一眼，司机的目光很刺人。汽车发出一阵沉闷的声响以后就驰走了。卡车没有扬起什么灰尘，卡车驰走时显得很干净。然后她才低下头去看自己的外衣，外衣趴在地上，上面有车轮碾过的痕迹。外衣的模样很可怜，仿佛已经死去。她走上几步捡起了它，仍然是先前的那件外衣。似乎刚才的一切都没有发生，似乎是她刚从床上坐起来，从旁边的凳子上拿过外衣。她就这样又重新穿在了身上，接着往前走。那时卡车已经驰下盘山公路了，就要进入小城。她在山上看着卡车，觉得它很像一只昨天爬在她腿上的褐色小虫。

　　不久之后她也走入了小城，那时候街上行人寥寥，她的内心也冷冷清清。在走入第一条街道时，她看到那些低矮的房屋上的烟囱大多飘起了缕缕炊烟，她感到自己的身体有点像烟一样缥缈。虽然雨从昨天就停了，可阴沉的天色，让她觉得随时都会有一场雨再次到来。

她在回到家中之前，最后一次看到的人是6的女儿。那时候她已经走入了通往家中的胡同，她是在经过6的窗下时看到的。6的女儿就站在窗前，正望着窗外胡同的墙壁发怔，在墙壁上有几株从砖缝里生长出来的小草在摇晃。灰衣女人透过窗玻璃看到这位少女时，心里不由哆嗦了一下。她无端地感到这个少女的脸上有一种死亡般的气息在蔓延。这个感觉使灰衣女人蓦然惊愕，因为她马上发现这其实是诅咒。对于刚刚求过观音的人来说，诅咒显然很危险，诅咒将意味着她刚才的努力不过是空空一场。这时灰衣女人已经走到自己家门口了，她听到屋内女儿在咬甘蔗，声音很脆也很甜。

四

6那天凌晨的奇怪经历，在此后的两个凌晨里继续出现。但是他并没有当回事，他依旧坐在自己往常坐的地方，与那两个无脚的人只有一箭之隔，他好几次试图和他们说话，可是他们的沉默使他不知所措。他们的动作与他第一次见到时没有两样，而且从那天以后他再也没有能从江水里钓上来一条鱼。在这天凌晨，他试着走过去，可还没有挨近他们，他们便双双跃入江中。正当他十分奇怪地四下张望时，他发现他们坐在另一处了，与他仍然是一箭之隔。于是他就回到原处坐。不一会他开始感到十分困乏，慢慢地眼前一片全是江水流动时泛出的点点光亮，接着他就感到身体倾斜了，然后似乎倒了下去。接下去他就一无所知。

也是在这个早晨，天还没有亮的时候，6那躺在床上的女儿听到有人在叫她的名字。声音十分轻微，恍若是从门缝里钻进来的风声。她便从床上爬起来，穿上衣服走到门前，那时候声音没有了。她打开门以后，发现父亲正躺在门外，四周没有人影。从鼾声上，她知道父亲并没有死去，只是睡着了。于是她就把他拉进屋内，还没把他扶上床时，他就醒了。

6醒来时对自己的处境感到十分惊讶，因为他清晰地记起自己是到江边去了，可是居然会在家中。他询问女儿，女儿的回答证实他去了江边。而女儿对刚才所发生的一切的叙述，使他心里觉得蹊跷。所以在天完全明亮以后，他就来到了算命先生的住所。

算命先生还没有完全听完，他的脸色就发生了急剧的变化。这一点6也感觉到了。当6看到算命先生苍白的脸上出现蓝幽幽的颜色时，他开始预感到了什么。

算命先生再次要6证实那两个人没有腿以后，便用手在那张布满灰尘的桌子上涂出了一个字，随后立刻擦去。

虽然这只是一瞬间，但6清晰地认出了这个字。他不由大惊失色。

算命先生警告他，以后不要在天黑的时候去江边。

6胆战心惊地回到家中以后，发现女儿正站在窗前，他没法看到女儿脸上的神色，他只是看到一个柔弱的背影。但是这个背影没法让他感觉到刚才在这里发生了什么，所以他也就不会知道那个穿羊皮夹克的人来过了。身穿羊皮夹克的人敲门时显然用了好几个手指，敲门声传到6的女儿的耳中时显得很复杂。当6的女儿打开房门时，她看到了自己的灾难。羊皮夹克的目光注视着她时，她感到自己的眼睛就要被他的目光挖去。她告诉他6没在家后就将门向他摔去，门关上时发出一声巨响。但是巨响并没有掩盖掉她心里的恐惧，她知道他不一会又将出现。

很久以后，在那个身穿羊皮夹克的人与父亲在一间房内窃窃私语结束以后，她听到了灰衣女人的死讯。那时候羊皮夹克已经走了，父亲又回到了那房屋。

灰衣女人在死前没有一点迹象，只是昨天傍晚回到家中时，她似乎很疲倦，晚饭时只喝了一点鱼汤，别的什么也没吃，然后很早就上床睡了。整个夜晚，她的子女并没有听到异常的声响，只是感到她不停地翻身。往常灰衣女人起床很早，这天上午却迟迟不起，到八点钟时，她的女儿走到她床前，发现她嘴巴张着，里面显得很空洞。起先她女儿没在意，可半小时以后第二次去看她时，发现仍是刚才的模样，于是才注意到那张着的嘴里没有一丝气息。灰衣女人的死得到了证实。后来她的子女拿起那件搁在凳子上的灰色上衣时，发现上面有一道粗粗的车轮痕迹。他们便猜测母亲是否被某一辆汽车从身上轧过。如果真是这样，那么灰衣女人事后再安然无恙地回到家中的情形就显得不可思议了。

第三节

一

灰衣女人的突然死去，使她儿子的婚事提前了两个月举办。为了以喜冲丧，她儿子沿用了赶尸做亲的习俗。

灰衣女人的遗体放在她床上，只是房中原有的一些鲜艳的东西都已撤去。床单已经换成一块白布，灰衣女人身穿一套黑色的棉衣棉裤躺在那里，上面覆盖的也是一块白布。死者脚边放了一只没有图案花纹的碗，碗中的煤油通过一根灯芯在燃烧，这是长明灯。说是去阴间的路途黑暗又寒冷，所以死者才穿上棉衣棉裤，才有长明灯照耀。灵堂就设在这里，屋内灵幡飘飘。死者的遗像是用一寸的底片放大的，所以死者的脸如同一堵旧墙一样斑斑驳驳。

灰衣女人以同样的姿态躺了两天两夜以后，便在这一日清晨被她的儿子送去火化场。然后她为数不多的亲属也在这天清晨去了那里。3 被请去做哭丧婆。因此在这日上午，3 那尖厉的哭声像烟雾一样缭绕了这座小城。

灰衣女人在早晨八点钟的时候，被放进了骨灰盒。然后送葬开始了。送葬的行列在这个没有雨也没有太阳的上午，沿着几条狭窄的街道慢慢行走。

瞎子那个时候已经坐在街上了。4 的声音消失了多日以后，这一日翩翩出现了。那时候那所中学发出了好几种整齐的声音，那几种声音此起彼伏，仿佛是排成几队朝瞎子走来。瞎子知道那里面有4的声音，但他却无法从中找到它。不久之后那几种整齐的声音接连垂落下去，响起了几个成年人穿插的说话声。然后瞎子听到了4的声音，4显然正站起来在念一段课文。4的声音像一股风一样吹在了他的脸上，他从那声音里闻到了一股芳草的清香。但是4的声音时隐时现，那几个成年人的说话声干扰了4的声音，使4的声音传到瞎子耳中时经过了一个曲折的历程。然而一个短暂的宁静出现了，在这个宁静里4的声音单独地来到了瞎子的耳中，那声音仿佛水珠一样滴入了他的听觉。4的声音一旦单独出现，使瞎子体会到了其间的忧伤，恍若在一片茫茫荒野之中，4的声音显得孤苦伶仃。此后又出现了几种整齐的声音，4的声音被淹没了，就像是一阵狂风淹没了一个少女坐在荒野孤坟旁的低语。随后3的哭声耀武扬威地来到了，那时他和送葬的行列还相隔着两条街道。3的哭声从无数房屋的间隙穿过，来到瞎子耳中时像是一头发情的猫在叫唤。这哭声越来越接近时，瞎子才从中体会到了无数杂乱的声响，3的哭声似乎包括了所有令人毛骨悚然的声响。那里面有一个孩子从楼上掉下来的惊恐叫声，有很多窗玻璃同时破裂的粉碎声，有深夜狂风突然吹开屋门的巨响，有人临终时喘息般的呻吟。

　　灰衣女人的骨灰在城内几条主要街道转了一周，使某几个熟悉她的人仿佛看到她最后一次在城内走过。然后送葬的行列回到了她的家门。一入家门，她的女儿与亲属立刻换去丧服，穿上了新衣。丧礼在上午结束，而婚礼还要到傍晚才能开始。

二

　　司机也去参加了这个婚礼，他在走进这个家时没有嗅到上午遗留下来的丧事气息，新娘的红色长裙已经掩盖了上午的一切。

　　司机一直看着新娘，因为灯光的缘故，他发现坐在另一端的新娘，一半很鲜艳，一半却很阴沉。因此像是胭脂一样涂在新娘脸上的笑容，一半使他心醉心迷，另一半却使他不寒而栗。因为始终注视着新娘，所以他毫不察觉四周正在发生些什么。四周的声响只是让他偶尔感到自己正置身于拥挤的街道上，他感到自己独自一人，谁也不曾相识。有时他将目光从新娘脸上移开，环顾四周时，各种人的各种表情瞬息万变，但那汇聚起来的声音就让他觉得是来自别处。然而他却真实地发现整个婚礼都掺和着鲜艳和阴沉。而这鲜艳和阴沉正在这屋子里运动。那时候他发现一只酒瓶倒在了桌上，里面流出的紫红色液体在灯光下也是半明半暗。坐在司机身旁的2站了起来，2站起来时一大块阴沉从那液体上消失了，鲜艳瞬间扩张开来，但是靠近司机胸前的那块阴沉依然存在，暗暗地闪烁着。2站起来是去寻找抹布，他找到了一件旧衣服。于是司机看到一件旧衣服盖住了紫红色液体，衣服开始移动，衣服上有2的一只手，2的手也是半明半暗。然后司机看出了那是一件灰色上衣，而且还隐约看到了车轮的痕迹。

　　司机这天没有出车，但他还是在往常起床的时候醒了。那时他母亲正在洗脸。他觉得水就像是一张没有丝毫皱纹的白纸，母亲正将这张白纸揉成一团。然后他听到了母亲的脚步声在走出去，接着一盆水倒在了院子里。水与泥土碰撞后散成一片，它们向四周流去，使司机想起了公路延伸时的情景。隔壁的 3 这时也在院中出现，她将一口清水含在嘴里咕噜了很久，随后才刷地一声喷了出去。司机听到母亲在说话了，她的声音在询问 3 的举动。

洗洗喉咙。3 回答。

谁家在服丧了？母亲问。

那时 3 嘴里又灌满了水，所以她的回答在司机听来像是一阵车轮的转动声。司机没法听清，但他知道是某一个人死了，3 将被请去哭丧。3 被水洗过的喉咙似乎比刚才通畅多了，于是司机听到母亲对 3 嗓子的赞叹，3 回答说体力不如从前了。

司机在床上躺了很久以后才起床，他走到院里时，看到 7 正坐在门前一把竹椅里，7 用灰暗的目光望着他，7 的呼吸让司机感到仿佛空气已经不多了。7 五岁的儿子正蹲在地上玩泥土，他大脑袋上黄黄的头发显得很稀少。这时有人送来了一份请柬，他打开请柬一看，是很多年前相识的某一位姑娘的结婚请柬。这份请柬的出现很突然，使司机勾起了许多混乱的回忆。

三

婚礼的高潮在司机和 2 之间开始。那时候厨师已经离开厨房很久了，厨师也已经吃饱喝足。几个醉汉摇摇晃晃地走到了楼梯口，还没下楼就趴在楼梯上睡着了。2 高声叫着要新娘给他们洗脸，于是所有的人都围了上去。司机并没有意识到什么将会发生，他此刻的眼睛里有一件灰色上衣时隐时现。然而新娘端着一盆水走来时，那件灰色上衣便蓦然消失。这时候他才感到将会发生什么了，而且显然与自己有关，因为此刻坐着的只有他和2。新娘将洗脸盆端到桌子上时，两只红色的袖管美妙地撤退了，他看到两条纤细的手臂，手臂的肤色在灯光下闪烁着细腻滑润的色泽。然后十个细长的手指绞起了毛巾。司机的眼睛里没有毛巾，他只看到十个手指正在完成一系列迷人的舞蹈，水在漂亮地往下滴，水是这个舞蹈的一部分。

先给他擦。司机听到2这样说。他抬起眼睛，看到2正用食指指着他，2的手指在灯光下显得很锐利。

新娘的毛巾迎面而来，抹去了2的手指。在毛巾尚未贴到脸上时，司机先感觉到新娘的一只手轻轻按住了他的后脑，他体会到了五个手指的迷人入侵。接着他整个脸被毛巾遮住，毛巾在他的脸上揉动起来。但是司机并没有感觉到毛巾的揉动，他感到的是很多手指在他脸上进行着温柔的抚摸，这抚摸使他觉得自己正在昏迷过去。可是这一切转瞬即逝，2的形象又出现在他眼中，他看到2正微笑地注视着自己。于是司机从口袋里摸出二十元钱给新娘，新娘接过去放入了口袋。司机没有触到新娘的手指。

然后司机看着新娘给2擦脸，他感到不可思议的是新娘给2擦脸的动作为何也如此温柔。擦完之后，他看到2拿出四十元钱放入新娘手中。接着2说：给他擦。

这句话开始让司机感到面临的现实，因此当他再次看着新娘绞毛巾的手指时，刚才的美景没有重现。新娘的毛巾在他脸上移动时，也没有刚才令他激动的感受。擦完以后，他拿出了四十元。那时候他知道自己口袋里已经一片空空。他想也许2不会再逼他了，但他实在没有什么把握。

2这次给了八十元。2没有就此完结。他要新娘再为司机擦脸。司机这时才注意到四周聚满了人，这些人此刻都在为2欢呼。新娘的毛巾又在他脸上移动了，这时他悄悄从手腕上取下了手表。擦完以后，他将手表递给了新娘。他听到一片哄笑声，但是2没有笑，2对他说：算你的表值一百元吧。2说完拿出二百元放在桌上。新娘为他擦完之后，他就拿起二百元放入新娘长裙的口袋里，同时还在新娘屁股上拍了一下。接着2指着司机对新娘说：再擦一次。

新娘这次的毛巾贴在司机脸上时，使他感到疼痛难忍，仿佛是用很硬的刷子在刷他的脸。而按住他的脑后的五个手指像是生锈的铁钉。但是毛巾和手指消失之后，司机开始痛苦不堪。他清晰地感到了自己狼狈的处境，他听到四周响起一片乱糟糟的声音，那声音真像是一场战争的出现。他看到坐在对面的2脸上倾泻着得意的神采，2的脸一半鲜艳，一半阴沉。2拿出了一叠钱，对司机说：这四百元买你此刻身上的短裤。

司机听到了一阵狂风在呼啸，他在呼啸声中坐了很久，然后才站起来离开座位朝厨房走去。走入厨房后他十分认真地将门关上，他感到那狂风的声音减轻了很多，因此他十分满意这间厨房。厨房里的炉子还没有完全熄灭，在惨白的煤球丛里还有几丝红色的火光。几只锅子堆在一起显得很疲倦，而一叠碗在水槽里高高隆起。接着他看到一把菜刀，他将菜刀拿在手中，试试刀锋，似乎很锋利。然后他走到窗前，他看到窗外的灯光斑斑驳驳，又看到了一条阴沟一样的街道，街上一个人在走去。随后他往对面一座平房望去，透过一扇窗户他看到了一个少女的形象。少女似乎穿着一件黑色上衣，少女正在洗碗，少女在洗碗时微微扭动身体，她的嘴似乎也在扭动。他于是明白了她正在唱歌，虽然他听不到她的歌声，但他觉得她的歌声一定很优美。

四

2在司机走入厨房以后也投入了那一片狂风般的笑声中，笑声持续了很久，然后才像一场雨一样小了下去。2感到应该去厨房看看司机正在干些什么，于是他站起来朝厨房走去。他走去时感到所有人的目光在与他一同前往，他知道他们都想看看此刻司机的模样。他走到门前时，发现从门缝里正在流出来几条暗色的水流，他对这个发现产生了兴趣，所以他蹲下身去，那水流开始泛出一些红色来，他觉得还是没有看清，于是就伸出手指在水流里蘸了一下，再将手指伸回到眼前，这次他确信自己看到了什么。他站起来后感到自己不知所措，然后他转回身准备离开这里，可他发现他们正奇怪地望着他，他犹豫了。此后只好又转回身去，他有点紧张地去推厨房的门，他看到自己的手伸过去时像是风中的一根树枝。他只将门打开一条缝，根本没有看到司机就立刻将门关上。他再次转身去，他想朝他们笑一下，可他的脸仿佛已经僵死过去没法动。他听到有人在问他：在干什么？他不知道自己该如何回答，他感到自己正在走过去。他又听到有人在问：是不是在脱短裤？他不由点点头，于是他听到了一片像是飞机俯冲过来的笑声。他走到自己的椅子旁稍微站了一会，随后就朝楼梯走去。他听到有人在问他什么，但他没有听清。他已经走到楼梯口了，几个醉汉此刻横躺在楼梯上打呼噜。他小心翼翼地绕过他们，一步一步走下了楼梯，然后来到了街上。

那时候街寂静无人，只有路灯灰色的光线在地上漂浮，一股冷风吹来仿佛穿过了他的身体。这时他听到身后有轻微的脚步声，那声音像一颗颗小石子节奏分明地掉入某一口深井，显得阴森空洞，同时中间还有一段"咝"的声响。他知道是司机在追出来了。他不敢回头，只是尽量往亮处走。他感到自己每当走到路灯下时，身后的脚步声便会立刻消失，而一来到阴暗处时，那声音又在身后出现了，所以他一来到路灯下时便稍微站了一会，那时候他觉得身上的灯光很温暖。随即他又拼命地跑过一段阴暗，到另一盏路灯下。他在跑动时明显地感到身后的声音也加快了。他觉得他们之间始终保持着一段距离，没有拉长也没有缩短。

后来他看到自己的家了，那幢房屋看去如同一个很大的阴影，屋顶在目光里流淌着阴森可怖的光线。他走到近前，一扇门和几扇窗户清晰地出现在眼前，这时身后的声音蓦然消失。他不由微微舒了口气，可这时他眼前出现了一片闪闪烁烁的水，那条通往屋门的路消失了，被一片水代替。他知道司机就在这一片闪烁的水里。他双腿一软，跪在了地上。他听到自己的声音在说：

饶了我吧。那声音在空气里颤抖不已。他那么跪了很久，可眼前的一片闪烁并没有消失。于是他再次说：饶了我吧。随即便呜呜地哭了起来。他说：我不是有意要害你。但是那一片闪烁仍然存在。他便向这一片闪烁拼命地磕头，他对司机说：你在阴间有什么事，尽管托梦给我，我会尽力的。他磕了一阵头再抬起眼睛时，看到了那条通往屋门的小路。

第四节

一

在司机死后一个星期，接生婆在一个没有风但是月光灿烂的夜晚，睡在自己那张宽大的红木床上时，见到了自己的儿子。仿佛是天还没有亮的时候，儿子心事重重地站在她的床前，她看到儿子右侧颈部有一道长长的创口，血在创口里流动却并不溢出。儿子告诉她他想娶媳妇了。她问他看准了没有。他摇摇头说没有。她说是不是要我替你看一个。他点点头说正是这样。

接生婆是在这个时候听到外面叫门的声音的，她醒了过来。她听到门外有人在叫着她的名字，屋外的月光通过窗玻璃倾泻进来，她看到窗户上的月光里有一个人的影子在晃动。她觉得那叫门的声音有些古怪，那声音似乎十分遥远，可那个人却分明站在窗前。她从床上爬起来，穿上衣服后走过去打开房门，一个她从未见过的人站在她面前，她感到这个人的脸很模糊，似乎有点看不清眼睛、鼻子和嘴巴。她问他：你是谁？

那人回答：我住在城西，我的邻居要生了，你快去吧。

她家的男人呢？接生婆问。一个女人要生孩子了，却是一个邻居来报信，她感到有些奇怪。

她家没有男人。那人说。

接生婆再次感到眼前这个人的说话声很遥远。但她没怎么在意，她答应一声后回到房内拿了一把剪刀，然后就跟着他走了。

在路上时接生婆又一次感到很奇怪，她感到走在身旁这人的脚步声与众不同，那声音很飘忽。她不由朝他的脚看了一眼，可她没有看到。他好像没有腿，他的身体仿佛是凌空在走着。但是她觉得自己也许是眼花了。

不久之后，很多幢低矮的房屋在眼前出现了，房屋中间种满了松柏。接生婆走到近前时不知为何跌了一跤，但是她没感到自己爬起来，跌下去时仿佛又在走了。她跟着这人在房屋与松柏之间绕来绕去地走了一阵后，来到一幢房门敞开的屋子前，她看到一个女人躺在一张没有颜色的床上。她走进去后发现这个女人全身赤裸，女人的皮肤像是刮去鳞片后的鱼的皮。她感到这个女人与站在旁边的男人有惊人的相似之处。她的脸也很模糊，而且同样也很难看到她的双腿。但是接生婆的手伸过去时仿佛摸到了她的腿。接生婆开始工作了，这是她有生以来最困难的一次接生。但是那个女人竟然一声不吭，她十分平静地躺在那里。接生婆的手在触摸到女人的皮肤时，没有通常那种感觉，而似乎是触摸到了水。那女人在接生婆手上的感觉恍若是一团水。接生婆感到自己的汗水从全身各处溢出时冰冷无比。很久之后，婴儿才被接生出来。奇怪的是整个过程竟然没让接生婆看到一滴血的出现。刚刚出生的婴儿没有啼哭，他像母亲一样平静。婴儿的皮肤也与他母亲一样，像是被刮去鳞片后的鱼的皮。而且接生婆捧在手里时，也仿佛是捧着一团水。她拿着剪刀去剪脐带，似乎什么也没剪到，但她看到脐带被剪断了。这时那个男人端上来一碗面条，上面浮着两个鸡蛋。接生婆确实饿了，她就将面条吃了下去，她感到面条鲜美无比。然后那个男人将她送出屋门，说声要回去照顾就转身进屋了。于是接生婆按照刚才走过的路，又绕来绕去地走了出去。她觉得出去的路比进来时长了很多。在这条路上，她遇到了算命先生的儿子。她看到他那细长的身体像一株树一样站在两幢房屋中间，他好像是在东张西望，接生婆走上去问他这么晚了怎么还在这里，他回答说他是才来这里的。她感到他的声音也有些遥远。她问他在找什么，他说在找他住的那间屋子。然后他像是找到了似的往右边走去了。接生婆也就继续往前走，走到刚才跌跤的地方时，她又跌了一跤，但她同样没感到自己爬起来，她只感到自己在往前走。

二

　　接生婆回到家中后感到了从未有过的疲倦，所以一躺在床上，她就觉得自己像是死去一般昏睡了过去。待她醒来时已是接

　　　　　　　　　　　　　　　　| 余华作品

近中午的时候了。她听到院里传来说话的声音，她就从床上爬起来，当她向门口走去时，感到自己的两条腿像棉花一样软绵绵。

7那时候坐在自己家门口的一把竹椅里，他的妻子站在一旁。7的妻子正和4的父亲在说着关于4夜晚梦呓的事。7似乎是在听着他们说话，他那张灰暗的脸毫无表情，他的眼睛一直看着他的儿子，他儿子正兴冲冲地在院内走来走去，那大脑袋摇摇晃晃显得有些沉重。接生婆站在了门口。此刻4推开院门进来了，4的出现，使她父亲和7的妻子的对话戛然而止。4走进来时脸色十分阴沉，但她身上的红色书包却格外鲜艳。4低着头从父亲身旁走过，走入了敞开的屋门。3的孙儿这时也从屋内出来了，他似乎是听到了4进来时的声响，他站在院子里小心翼翼地望着4走入的屋门，接生婆问7是不是感到好一点了。她听到自己的声音在空中显得很迟钝。7听到了她的问话，就抬起混浊的眼睛看了她一眼，随即又低下头去。他没有回答她，但他的妻子回答了。他妻子说还是老样子。接生婆便建议7去看看算命先生。她说没准在命上遇到了什么麻烦事。7的妻子早就有此打算，听了接生婆的话后，她不由朝丈夫看了看。7仿佛没有听到她们的话，他的脑袋耷拉着像是快要断了。倒是4的父亲点了点头，他说是应该去看看算命先生。他想起了自己每夜梦语不止的女儿。接生婆点了点头。她听到有人在问她昨夜谁在叫唤，她才发现3也站在院子里来了。3的脸上近来出现了像蜡一样的黄色。她在询问接生婆之后，立刻从嘴里发出了一阵令人恶心的空呕声，随后她眼泪汪汪地直起腰杆来。

接生婆告诉 3：是城西一户人家的女人生孩子。

哪户人家？ 3 问。

接生婆微微一怔。她没法做出准确的回答，她只能将昨夜所遇的一男一女，以及那幢房屋告诉 3。

3 听后半晌没有说话，她想了好一阵才说城西好像没有那么一户人家。她问接生婆：在城西什么地方？

接生婆努力回想起来，依稀记得是走过那破旧的城墙门洞以后，才看到那无数低矮的房屋。

3 十分惊愕，她告诉接生婆那里根本没有什么房屋，而是一片空地。

3 的话使接生婆猛然惊醒过来，她才意识到自己昨夜去过的是什么地方。她发现 7 的妻子正吃惊地望着她。7 却依旧垂着脑袋，4 的父亲刚才进去了。7 的妻子的目光使她很不自在。接生婆觉得自己站在这里已经不合适，她想走回屋内，可是昨夜所遇使她无法能在屋中安静下来。因此她站了一会以后就朝院门外走去了。

接生婆走在街上时，昨夜那个男人与她一起行走的情景复又出现。那模糊的脸和没有双腿的脚步声。于是接生婆已经预料到她一旦走过那破旧的城墙门洞以后，她将会看到什么。

此后的事实果然证实了接生婆的预料。当她走到昨夜看到的无数房屋的地方时，她看到了一片坟墓，坟墓中间种满了松柏。接生婆听到自己心里发出了几声像是青蛙叫唤的声响。她呆呆地站了一会，然后就像夜里绕来绕去一样，走入坟墓之中。有些坟墓已经杂草丛生，而另一些却十分整齐。后来她在一座新坟前站住了脚，她觉得昨夜就是在这里走入那座房屋的。呈现在她眼前的这座坟墓上没有一棵杂草，土是新加的。坟墓旁有一堆乱麻和几个麻团。坟顶上插着一块木牌，她俯下身去看到了一个她听说过的名字，这是一个女人的名字，接生婆想起了在一个月以前，这个带着身孕的女人死了。

接生婆在走出坟场时，回想出了昨夜与算命先生儿子相遇的情景，她感到心里有一种想见到他的迫切愿望，所以她就向算命先生的家走去。在离算命先生的家越来越近时，昨夜的情景也就越来越生动了。她看到了瞎子。那时候近旁中学的操场上传来一片嘈杂响亮的声音，瞎子正十分仔细地将这一片声音分成几百块，试图从中找出属于4的那一块声音。瞎子脸上的神色让接生婆体会到了某种不安，这不安在她站到算命先生家门口时变成了现实。

算命先生的屋门敞开着，她看到里面蔓延着丧事气息。屋门的门框上垂下来两条白布，正随风微微掀动。她知道是算命先生的儿子死了，而不会是算命先生。

听到门口有响声，算命先生拄着一根拐杖出现了。他告诉接生婆这段日子他不接待来客。望着算命先生转身进屋的背影，接生婆发现他苍老到离死不远了。同时她想起了多种有关他的传闻，她想他的五个子女都替他死光了，眼下再没人替他而死，所以要轮到他自己了。算命先生刚才说话时的声音，回想起来也让接生婆感到有些遥远，那沙哑的声音仿佛被撕断似的一截一截掉落下来。

接生婆回到家中以后，再次回想起自己昨夜的经历时，那一碗面条和面条上的两个鸡蛋出现了。这使她感到恶心难忍，接着就没命地呕吐起来，两侧腰部像是被人用手爪一把把挖去一般的疼痛。吐完以后，她眼泪汪汪地看到地上有一堆乱麻和两个麻团。

三

已年近九十的算命先生，一共曾有五个子女，前四个在前二十年里相继而死，只留下第五个儿子。前四个子女的相继死去，算命先生从中发现了生存的奥秘，他也找到了自己将会长生下去的因由。那四个子女与算命先生的生辰八字都有相克之处，但最终还是做父亲的命强些，他已将四个子女克去了阴间。因此那四个子女没有福分享受的年岁，都将增到算命先生的寿上。因此尽管年近九十，可算命先生这二十年来从未体察到身体里有苍老的迹象。这一点在算命先生采阴补阳时得到了充分的证实。采阴补阳是他的养生之道，那就是年老的男人能在年幼的女孩的体内吮吸生命之泉。而他屋中的那五只公鸡，则是他防死之法。倘若阴间的小鬼前来索命，五只公鸡凶狠的啼叫会使它们惊慌失措。

每月十五是算命先生的养生之日，这一日他便会走出家门，在某一条胡同里他会看到一个十一二岁的女孩正无所事事地站在那里，他就将她带回家中。对付那些小女孩十分方便，只要给一些好吃的和好玩的。他找的都是一些很瘦的女孩，他不喜欢女孩赤裸以后躺在床上的形象是一堆肥肉。

余华作品

算命先生的儿子是在这月十五的深夜，这一日即将过去时猝然死去的。但还是傍晚儿子回到家中，算命先生就从他脸上看到了奇怪的眼神。在此前一小时，一个十一岁的女孩刚刚离去。

　　那是一个奇瘦无比的女孩，女孩赤裸以后躺在床上时还往嘴里送着奶糖。那两条瘦腿弯曲着，弯曲的形态十分迷人。女孩用眼睛看了看他，因为身体的瘦小，那双眼睛便显得很大。他的手触到她的皮肤时有一种隔世之感。每月十五的这个时候，坐在离此不远的街口的瞎子，便要听到从这里发出的一阵撕裂般的哭叫声，现在这种叫声再次出现了。那声音传到瞎子耳中时，已经变得断断续续十分轻微，尽管这样，瞎子还是分辨出了这不是自己正在寻找的那个声音。

　　女孩子离去以后，算命先生便坐入一把竹椅之中。他为自己煮了一碗黄酒糖鸡蛋，坐在椅中喝得很慢。他感到自己仿佛是刚从澡堂出来，有些疲倦，但全身此刻都放松了，所以他十分舒畅。他喝着的时候，觉得有一股热流在体内回旋，然后又慢慢溢出体外。

　　儿子回到家中时，算命先生正闭目养神，他是睁开眼睛后才发现儿子奇怪的眼神的，在前四个子女临终前，他也曾看到过类似的眼神。

　　儿子吃过晚饭后又出去了，回来时已是深夜。那时算命先生已经躺在床上了。他听着儿子从楼梯走上来的脚步声，脚步很沉重。然后借着月光他看到儿子瘦长的影子在脱衣服，接着那影子孤零零地躺了下去。

第五个儿子的死，使算命先生往日的修养开始面临着崩溃。他感到前四个子女增在他寿上的年岁已经用完，现在他是在用第五个儿子的年岁了，而此后便是寿终的时刻。他觉得第五个儿子只能让他活几年，因为这个儿子也活得够长久了，竟然活到了五十六岁。算命先生明显地感到自己的身体正在枯萎下去。这一日他发现那五只公鸡的啼叫，也不似从前那么凶狠。这个发现使他意识到公鸡也衰老了。

四

半个月以后的一个夜晚，开始有些恢复过来的算命先生，听到了敲门的声音。这声音使算命先生一时惊慌失措。随后他听到了有人在叫他的名字，听声音像是一个女人。能从声音里分辨出敲门者的性别，使算命先生略略有些心定。于是他小心翼翼地走到门旁，然后无声地蹲了下去，将右眼睛贴到一条门缝上，通过外面路灯的帮助，使他看到了两条粗腿。腿的出现使他确定敲门者是人，而不是他所担心的无腿之鬼。因此他打开了屋门。

3出现在他眼前，他认识3。3的深夜来访，使算命先生感到不同寻常。

3在一把椅子里坐下以后，朝算命先生颇为羞涩地一笑，然后告诉他她怀孕了。

面对这个六十多岁的女人怀孕的事实，算命先生并不表现出吃惊，他只是带着明显的好奇询问播种者是谁。

于是3脸上出现了尴尬的红色，3尽管犹豫，可还是如实告诉算命先生，是她孙儿播下的种。

算命先生仍然没有吃惊，3却急切地向他表白她实在不愿意干那种事，她说她是没有办法，因为她不忍心看着孙儿失望的模样。

3的夜晚来访，是要算命先生算算腹中婴儿是否该生下来。

算命先生告诉她：要生下来。

但是3为婴儿生下以后，是她的儿女还是她的重孙而苦恼。

算命先生说这无关紧要，因为他愿意抚养这个孩子，所以她的担忧也就不存在了。

第五节

一

算命先生儿子的死去，尽管瞎子没法知道，但是连续一月瞎子不再感到这个瘦长的人从他身旁走过了。这个人走过时，他会感到一股仿佛是门缝里吹来的风。这人与别的人明显不同，所以瞎子记住了他。这人的消失使瞎子的内心更加感到孤单。

4的声音也已经很久没有出现，尽管附近那所中学依旧时刻发出先前那种声音，那种无数少男少女汇集起来的声音，那种有时十分整齐有时又混乱不堪的声音。但是他始终无法从中找出4的声音。在上学和放学的时候，瞎子听着那些声音三三两两从他身旁经过，他曾在那时候听到过 4 的笑声，可已是很久以前的事了。4 的笑声使瞎子黑暗的视野亮起了一串微微闪烁的光环，他看着那串光环的出现与消失，这些都发生在瞬间。4 的声音最初出现时仿佛滴着水珠，而最后出现时却孤苦伶仃，这中间似乎有一段漫长的历程，然而瞎子却感到这些都发生在瞬间。

这时候 4 正朝瞎子走来，她的父亲走在旁边。瞎子听到了有两个人走来的脚步声，一个粗鲁，一个却十分细腻，但是瞎子并不知道是 4 在走来。4 走到瞎子近旁时，发现瞎子枯萎的眼眶里有潮湿的亮光，这情景使她对即将走到的地方产生了迷惑之感，她与父亲从瞎子身旁走过，不久就走入了算命先生总是敞开的屋门。

然后几辆板车从瞎子面前滚动了过去，一辆汽车驰过时瞎子耳边出现一阵混浊的响声。他听到街上有走动的声音和说话的声音，刚才汽车驰过时扬起的一片灰尘此刻纷纷扬扬地罩住了他。街上说话的是几个男子的声音，那声音使瞎子感到如同手中捏着一块坚硬粗糙的石头。有一个女人正在叫着另一个女人的名字，另一个女人说话时带着笑声，她们的声音都很光滑，让瞎子想到自己捧碗时的感觉。4 的声音是在此后再度出现的。

二

4 出现在算命先生的眼前时，刚好站在一扇天窗下面，从天窗玻璃上倾泻下来的光线沐浴了她的全身，她用一双很深的眼睛木然地看着算命先生。

　　　　　　　　　　　　　　　　　　　| 余华作品

听完 4 的父亲的叙述，算命先生闭上眼睛喃喃低语起来，他的声音在小屋内回旋，犹如风吹在一张挂在墙上的旧纸沙沙作响。4 的父亲感到他脸上的神色出现了某种运动。然后算命先生睁开了眼睛，他的眼睛令人感到没有目光。他告诉 4 的父亲：每夜梦语不止，是因为鬼已入了她的阴穴。

算命先生的话使 4 的父亲吃了一惊，他望着算命先生莫测深浅的眼睛，问他有何救女儿的法术。

算命先生微微一笑，他的笑容使 4 的父亲感到是一把刀子割出来似的。他说有是有，但不知是否同意。

4 听着他们的对话，4 所听到的只是声音，而没有语言，算命先生的形象恍若是一具穿着衣服的白骨，而这间小屋则使她感到潮湿难忍。她看到有五只很大的公鸡在小屋之中显得耀武扬威。

在确认 4 的父亲没有什么不答应的事以后，算命先生告诉他：从阴穴里把鬼挖出来。

4 的父亲惊骇无比，但不久后他就默许了。

4 在这突如其来的现实面前感到不知所措。她只能用惊恐的眼睛求助于她的父亲。但是父亲没有看她，父亲的身体移到了她的身后，她听到父亲说了一句什么话，她还未听清那句话，她的身体便被父亲的双手有力地掌握了，这使她感到一切都无力逃脱。

算命先生俯下身撩开了 4 的衣角，他看到了一根天蓝色的皮带，皮带很窄，皮带使算命先生体内有一股热流在疲倦地涌起来。皮带下面是平坦的腹部。算命先生用手解了 4 的皮带，他感到自己的手指有些麻木。他的手指然后感受到了 4 的体温，4 的体温像雾一样洋溢开来，使算命先生麻木的手指上出现了潮湿的感觉。算命先生的手剥开几层障碍后，便接触到了4的皮肤，皮肤很烫，但算命先生并没有立刻感觉到。然后他的手往下一扯，4的身体便暴露无遗了。可是展现在算命先生眼中时，是一团抖动不已的棉花。

4的挣扎开始了，但是她的挣扎徒劳无益。她感到了自己身体暴露在两个男人目光中的无比羞耻。

三

那个时候瞎子听到了4的第一次叫声，那叫声似乎是冲破4的胸膛发出来的，里面似乎夹杂着裂开似的声响。叫声尖利无比，可一来到屋外空气里后就四分五裂。声音四分五裂以后才来到瞎子耳边。因此瞎子听到的不是声音的全部，只是某一碎片。4的声音的突然出现，使瞎子因为过久的期待而开始平静的内心顷刻一片混乱。与此同时，4的叫声再度传来。此时4的叫声已不能分辨出其中的间隔了，已经连成一片。传到瞎子耳中时，仿佛是无数灰尘纷纷扬扬掉入在瞎子的耳中。声音持续地出现，并不消去。这使瞎子感到自己走入了4的声音，就像走入自己那间小屋。但是瞎子开始听出这声音的异常之处，这声音不知为何让瞎子感到恐惧。在他黑暗的视野里，仿佛出现了这声音过来时的情景，声音并不是平静而来，也不是兴高采烈而来，声音过来时似乎正在忍受着被抽打的折磨。

瞎子站了起来，他迎着这使他害怕的声音，摸索着走了过去。他似乎感到了这迎面而来的声音如一场阵雨的雨点，扑打在他的脸上，使他的脸隐隐作痛。声音在他走去的时候越来越响亮，于是他慢慢感到这声音不仅仅只是阵雨的雨点。他感到它似乎十分尖利，正刺入他的身体。随后他又感到一幢房屋开始倒塌了，无数砖瓦朝他砸来。他听出了中间短促的喘息声，这喘息声夹在其中显得温柔无比，仿佛在抚摸瞎子的耳朵，瞎子不由潜然泪下。

瞎子走到算命先生家门口时，那声音骤然降落下去。不再像刚才那样激烈，降落为一片轻微的呜呜声，这声音持续了很久，仿佛是一阵风在慢慢远去的声音。然后4的声音消失了。瞎子在那里站了很久，接着才听到从前面那扇门里响出来两个人的脚步，一个粗鲁，一个却显得十分沉重。

四

在4回到家中的第二天，7由他妻子搀扶着去了算命先生的家，他们是第一次来到算命先生的小屋，但是他们并不感到陌生。在此之前，一间类似的小屋已经在他们脑中出现过几次了。

7在算命先生对面的椅子坐下后，算命先生那令人感到不安的形象却使7觉得内心十分踏实。灰白的7在苍白的算命先生面前，得到了某种安慰——

7的妻子站在他们之间，她明显地感受到了自己的健康。但是这种感受让她产生了分离之感。

算命先生在得知他们来意以后，立刻找到了 7 的病因。他告诉 7 的妻子：7 与他儿子命里相克。

算命先生是在他们的生肖里找到 7 的病因的，他向她解释：因为 7 是属羊的，而他儿子属虎。眼下的情景是羊入虎口。

7 已经在劫难逃，他的灵魂正走在西去的路途上。

算命先生的话使 7 和他妻子一时语塞。7 不再望着算命先生，他低下了头，他的眼中出现了一块潮湿的泥地，他感到自己的虚弱就在这块泥地的上面。7 的妻子这时问算命先生：有何解救的办法？

算命先生告诉她，唯一的解救办法就是除掉她的儿子。

她听后没有说话，算命先生的模样在她的视线里开始模糊起来，最后在她对面的似乎不再是一个人，而是一块石头。她听到丈夫在身旁呼吸的声音，7 的呼吸声让她觉得自己的呼吸也曲折起来。

算命先生说所谓除掉并非除命，只要她将五岁的儿子送给他人，从此断了亲属血缘，7 的病情就会不治自好。

算命先生的模样此刻开始清晰起来，但她将目光从他身上移开，看着低垂着头的 7，然后又抬头看看从天窗上泄漏下来的光线，她的眼睛微微眯了起来。

算命先生表示如果她将儿子交给别人不放心，可交他抚养。

算命先生收养 7 的儿子，他觉得是一桩两全其美的好事。7 可以康复，而他膝下有子便可延年益寿。虽然不是他亲生，但总比膝下无子强些。尽管 7 的儿子在命里与他也是相克，但算命先生感到自己阳火正旺，不会走上此刻 7 正走着的那条西去的路。

他指着那五只正在走来走去的公鸡，对 7 的妻子说：如果不反对，你可从中挑选一只抱回家去，只要公鸡日日啼叫，7 的病情就会好转。

五

4 在那天回到家中以后，从此闭门不出。多日之后，4 的父亲在一个傍晚站在院中时，蓦然感到难言的冷清。司机死后不久，接生婆也在某一日销声匿迹，没再出现。她家屋檐上的灰尘已在长长地挂落下来，望着垂落灰尘的梁条，他内心慢慢滋生了倒塌之感。3 的离去也有多日，她临走时只是说一声去外地亲戚家，没有说归期。她的孙儿时时无精打采地坐在自己家门槛上，丧魂落魄地看着 4 的屋门。7 由他妻子搀扶着去过了算命先生的家。他没有向他们打听去算命先生那里的经过，就像他们也不打听 4 一样。他只是发现在那一日以后，再也不见那脑袋很大的孩子在院里走来走去，取而代之的是一只公鸡，一只老态龙钟在院中走来走去的公鸡。

7 的病情似乎有些好转了，7 有时会倚在门框上站一会，7 看着公鸡的眼神有时让 4 的父亲感到吃惊，7 的目光似乎混乱不堪。尽管 7 原先的病有些好转，可他感到有一种新的病正爬上 7 的身体，而且这种病他在 7 妻子身上同样也隐约看到。后来他在自己女儿身上也有类似的发现。女儿此后虽然夜晚不再梦语，但她白天的神态却是恍恍惚惚。她屡屡自言自语，脸上时时出现若即若离的笑容，这种笑不是鲜花盛开般的笑，而是鲜花凋谢似的笑。

院中以往的景象已经一去不返，死一般的寂静在这里偷偷生长。从接生婆屋檐上垂落下来的灰尘，他似乎看到了这院子日后的状况。不知从哪一日开始，他感到这院里隐藏着一股腐烂的气息。几日以后，气息趋向明显。又过几日，他才能确定这气息飘来的方向，接生婆那门窗紧闭的屋子在这个方向正中。

也是这几天里，他听到了一个少女死去的消息。他是在街上听到的，那少女死在江边一株桃树下面。她身上没有伤痕，衣服也是干的。对于她的死，街上议论纷纷。那少女是他女儿的同学，他认识少女的父亲6，6常去江边钓鱼。他记得她曾到他家来过，有一次她进来时显得羞羞答答，她在院子里站了一会，就在他现在站着的这个地方。

第六节

一

接生婆在那天呕吐出了一堆乱麻和两个麻团以后，感到自己的身体开始变得飘忽了。她向那张床走去时，竟然感受不到自己的身体，她的身体很像是一件大衣。而且当她在床上躺下来时，觉得自己的身体像件扔到床上的衣服似的瘪了下去。然后她看到了一条江，江水凝固似的没有翻滚，江面上漂浮着一些人和一些车辆。她还看到了一条街，街道在流动，几条船在街道上行驶，船上扬起的风帆像是破烂的羽毛插在那里。

司机经常在接生婆的梦中出现，但是那天晚上没有来到她的梦里。在夕阳西下炊烟四起时，接生婆的视野里出现了一片永久的黑暗。接生婆的死去，堵塞了司机回家的路。

但是那天晚上，2的梦里走来了司机。那时候2正站在那条小路上，就是曾经被一片闪烁掩盖过的小路。2看到司机心事重重地朝他走来。司机的手正插在口袋里，似乎在寻找什么，或者只是插插而已。

司机走到他面前，愁眉苦脸地告诉他：我想娶个媳妇。

2发现司机右边的脖子上有一道长长的创口，血在里面流动却并不溢出。

2问他，是不是缺钱没法娶？

司机摇摇头，司机的头摇动时，2看到那创口里的血在荡来荡去。

司机告诉他：还没找到合适的人。

2问司机：是不是需要帮助？

司机点点头说：正是这样。

此后每日深夜来临，2便要和司机在这条小路上发生一次类似的对话。司机的屡屡出现，破坏了2原来的生活，使2在白天的时候眼前总有一只虚幻的蜘蛛在爬动。这种情形持续了多日，直到这一日2听说6的女儿死在江边的消息时，他才找到一条逃出司机围困的路。

二

回想起来，6 的女儿的死似乎在事前有过一些先兆。那个身穿羊皮夹克的人再次路过这里以后，6 开始发现女儿终日坐在墙角了，女儿坐在那里恍若是一团暗影。但是 6 却没有把这些放进心里，因为 6 一直没看出她身上正在暗暗滋长的那些东西，这些东西在她前面六个姐姐身上显然没有。事到如今，6 才感到他和那个身穿羊皮夹克的谈话，女儿可能偷听了。他想起那天送羊皮夹克出门时，他看到女儿怔怔地站在房门外。

本来当初羊皮夹克就要带走他女儿，只是因为他节外生枝才没有。他告诉羊皮夹克他的这个女儿远远胜过前面六个，所以他对按照惯例支付的三千元钱很难接受，他提出增加一千。羊皮夹克的坚持没有进行很久，在短暂的讨价还价之后，他便作出了让步。但他提出先把女孩带走，先付上三千，另一千随后通过邮局寄来。6 当然拒绝了，除非现交四千元，他才答应将他的女儿带走。羊皮夹克说身上的钱不够了，虽然四千还是可以拿出来，但在路途上还要花一笔钱，所以只好一个月以后再来。

在约定的日子临近时，6 的女儿躺到了江边的一株桃树下面。那时候 6 正坐在城南的一座茶馆里，自从那次在江边的奇异经历以后，6 不去江边钓鱼，而是每日坐到茶馆里来了。有关他女儿的消息，是他的一个邻居告诉他的。那个邻居去江边看死人后，在回家的路上从茶馆敞开的门里看到了 6，他告诉 6 他正到处找他。这个消息使 6 顿时眼前一片昏暗，然后羊皮夹克的形象在他

余华作品

脑中支离破碎地出现了。邻座的茶客对 6 听到如此重大的消息以后仍然坐着不动感到惊讶，他们催促他赶快去江边。但是 6 没有听到他们在说话，他的眼睛望着门外的一根水泥电线杆，他看到那电线杆上贴着一张纸条，那是一张关于治疗阳痿的广告。6 没法看清上面的字，但是羊皮夹克的形象此刻总算拼凑完整了，尽管那形象有无数杂乱的裂缝。可 6 明确地想起了这人再过两天就要来到，6 仿佛看到他右面的衣服口袋显得肿胀的情景。这时他才深深意识到当初不让羊皮夹克带走女儿是一个很大的错误。他对自己说：这是报应。

尽管那条江已使 6 感到毛骨悚然，但既然女儿躺在那里，他也只得去了。他在走去的时候，仿佛感到女儿死在江边是有所目的的。这个想法在他接近江边时变得真切起来。当他在远处看到一堆人围在一株桃树四周的时候，他已经猜测到了女儿躺在那里的模样。

不久之后他已经挤入了人堆，那时候一个法医正在验尸。他看到女儿仰躺在地上，她的脸一半被头发遮住了。她的外衣纽扣已经被解开，里面鲜红的毛衣显得很挑逗。他才发现女儿的腰竟然那么纤细，如果用双手卡住她的腰，就如同卡住一个人的脖子。然后他注意到了女儿的脚，那是一双孩子的脚，赤裸的脚趾微微向上跷着。

这时候一个警察拍了拍他的肩，他转过头去看到了一张满是胡子的脸。

警察问他：她是不是你的女儿？

他疲倦地点点头。

警察告诉他：你女儿死因要过些日子才能明确答复你。

他对这句话不感兴趣，他觉得他不需要他们的答复，他觉得自己应该离开一会，这地方使他站着有点不知所措。于是他转身往外挤。那时候警察又拍了他一下，这次警察对他说：待会儿有几个问题要问你。

6挤出去以后，立刻感到身后有几个人的脚步声音。但他没在意，他走到堆满木材的地方时，身后有一个人来到了他的面前，那人用眼睛暗示了一下他女儿躺着的地方，然后低声说：我买了。

6微微一怔，但他随后就明白了那意思。他以同样低的声音问：出多少？

那人将右手的五个手指全部伸开。

五千？ 6问。

但是6明白这人只是出五百，他摇摇头，表示不卖。那人还想讨价还价，可第二人已经赶上来了。第二个人伸出一个手指偷偷放入6的右手手掌。6知道这个愿意出一千，但他还是摇摇头。

第三个人走到他面前时，他将两个手指主动插入那人的手掌，告诉他要出两千才卖。那人迟疑了一会，伸出手指暗示愿出一千五百，可6立刻就摆摆手，转过身去了。

2是在这个时候赶来的，当6伸出两个手指时，他丝毫没有犹豫，他一把捏住6的两个手指，然后抖动了几下。

于是6心安理得地在那堆木材上坐了下来，2朝着那一堆围着的人看了看，也在木材上坐下。他们现在都在等着这一堆人散去。

三

接生婆的死被发现，还是在 2 为 6 的女儿送葬以后。6 的女儿死去的消息在城内纷纷扬扬，对她死因的猜测一日生出一种。但是为她送葬的事却几乎无人知道。为他送葬的只有 2 一个人。当 2 将她的骨灰盒捧到家中以后，他接下去要做的便是去司机的家，他需要得到司机的骨灰。然后 2 发现司机的母亲已经死去了。

其实那院子里的其他几个人早就有此疑心，因为那股腐烂气息越来越浓烈，那气息由风伴随着在他们房中进进出出，而且从多日前看着接生婆走入家中以后，他们再没见到她出来，但是他们中间谁也没把这话说出口。虽然他们在腐烂的气息里生活得十分恶心。

2 在走入这个院子时，这股气息使他惊诧不已。当他走到司机家门前时，他感到另外三个门口都站了人，他们都看着他。2 那时候已经发现这股令人痛苦的气息就来自眼前这个房间。他敲了敲门，里面也响起了敲门的声音，但是除此之外什么动静也没有。于是他就推了一下，门发出了一声使他战栗的吱呀声，门没有上锁。从那裂开的一条门缝里，一股凶狠的腐烂气息朝他扑打过来，使他一阵头晕。但他还是继续将门推开，并且走了进去。里面一片昏暗，满屋子翻滚的腐烂味使他眼泪直流。他走进去以后看到了躺在床上的接生婆。接生婆脸上的五官已经模糊不清。那脸上有水样的东西在流淌，所以她的脸显得亮晶晶的。2 看了一眼后立刻将目光移开。接着他走入了另一间屋子，他在这间屋子里找到了司机的骨灰盒。骨灰盒放在一张桌子上，那是一张用来打牌打麻将的桌子。2捧着司机的骨灰盒出来以后，通过泪汪汪的眼睛，他看到那几个站在自己房门口的人都是水淋淋的，他告诉他们：已经烂掉了。

2回到家中以后，将司机的骨灰盒和6的女儿的骨灰盒并排放在一起。然后请来四位纸匠，用白纸做了一套组合式家具，以及冰箱彩电之类的家用电器。四位纸匠昼夜而作，三日后便全部完成。接着2请了一位唢呐吹手和几个拉板车的，把纸匠们的作品放在板车上，第一辆板车上还放着司机与6的女儿的骨灰盒。唢呐吹手和2走在最前列，在尖利的喜调声里，司机和6的女儿的婚礼在街上开始了。

他们走在城内几条主要街道上，街上的风将那套组合家具吹得歪歪斜斜，如同一个孩子手下的画。这情景吸引了街上所有的人，他们像几片水一样围了上去。2心想总算对得起司机了。他回答了他们的询问，高声告诉他们是谁与谁的喜事。他看到街两旁几乎所有的窗口都有脑袋挂在那里，有一家窗口挂着好几个脑袋。他们也经过了瞎子端坐的那条街。从尖利的唢呐声里，瞎子知道正在走来一个婚礼。

婚礼的行走经过了那破旧的城墙门洞以后，来到了城西坟场上。一个新坟已经掘好。2将司机和6的女儿的骨灰盒放入坟中。然后盖土，土盖下去时有几块石子击在骨灰盒上，发出几声清脆的响声，那响声透出了隐藏的喜悦。接着纸匠们的作品被堆在坟墓四周，2点燃了火。一群火像是一群马一样奔腾而起，一片黑烟在红色的火中缭绕不绝。顷刻之后，火势便跌落下来，于是失去了保护的黑烟也立刻四散而去。那烧透以后变得漆黑的纸灰将坟墓完整地盖住。可是一阵风将纸吹得七零八落，冉冉飘起以后便晃晃悠悠如烟般消散了。

此后，司机不再来到2的梦里。

四

在司机与6的女儿的婚礼行走过去以后，4出现在大街上。她的嘴里哼着一支缓慢的曲子，在街道的右侧迟缓走来。在这个没有雨也没有阳光的上午，4的形象显得很灰暗。她那张若有所思的脸，仿佛在暗示对往事的回首。4走在灰白的水泥路上，很像是一种过去在走来。

4在走来的时候，她的右手正在解开上衣的纽扣，她的动作小心翼翼显得十分优美。纽扣解开以后，她的身体出现了一根树枝似的倾斜，她开始从身上一点一点推开了那件上衣，然后右手抓住衣角，衣服便垂落在地了。她那么走了一会才松开右手，衣服就在街道上迅速地躺了下去，无声无息。接着她剥开藏青的毛衣，她依旧显得很美。藏青的毛衣掉落在地以后的模样，很像是一个人正在平静地死去。随后她开始解白色衬衣的纽扣，纽扣解开以后恰好一股微风吹来，使她的衬衣出现了调皮的飘动。衬衣掉下去时显得缓慢多了，似乎是一张白纸在掉落了下去。

4走到一棵梧桐树旁，她伸出手抚摸了梧桐树野蛮的树干。然后她将身体靠了上去，她继续哼着那支曲子。她似乎看到前面有很多人都站着没有动，于是她模糊地记忆起很久以前甩了甩钢笔，墨水留在地上的斑点。

4在那个时候解开了皮带，那条黑色长裤便沿着她白晃晃的大腿滑落下去，滑下去时似乎产生了一丝痒的感觉，她不禁微微一笑。她那条粉红色的短裤也随即滑落下去。然后她小心翼翼地从裤子包围中伸出了右脚，脚上没有袜子，接着她同样小心地伸出了左脚，左脚也没穿袜子。她赤裸的脚踩在了粗糙的水泥地上，她继续往前走去。

4赤裸的身体在这个阴沉的上午白得好像在生病。一股微风吹到她稚嫩的皮肤上，仿佛要吹皱她的皮肤了。她一直哼着那支曲子，她的声音很微小，她的声音很像她瘦弱的裸体。她走到了瞎子的身旁，她略略站了一会，然后朝瞎子微微一笑后就走开了。

瞎子在此之前就已经听到4的歌声了，只是那时候瞎子还不敢确定，那时候4的歌声让他感到是虚幻中的声音，他怀疑这声音是否已经真实地出现了。但是不久之后，4的声音像是一股清澈的水一样流来了。这水流到他身旁以后并没有立刻远去，似乎绕着他的身体流了一周，然后才流向别处。于是瞎子站了起来，他跟在4的声音后面走向一个他从未去过的地方。

4一直走到江边，此后她才站住脚，望着眼前这条迷茫流动的江，她听到从江水里正飘上来一种悠扬的弦乐之声。于是她就朝江里走去。冰冷的江水从她脚踝慢慢升起，一直掩盖到她的脖子，使她感到正在穿上一件新衣服。随后江水将她的头颅也掩盖了。

瞎子听到几颗水珠跳动的声音以后，他不再听到4的歌声了。于是他蹲了下去，手摸到了温暖潮湿的泥土，他在江边坐了下来。瞎子在江边坐了三日。这三日里他时时听到从江水里传来4流动般的歌声，在第四日上午，瞎子站了起来，朝4的声音走去。他的脚最初伸入江水时，一股冰冷立刻袭上心头。他感到那是4的歌声，4的歌声在江水慢慢淹没瞎子的时候显得越来越真切。当瞎子被彻底淹没时，他再次听到了几颗水珠的跳动，那似乎是4微笑时发出的声音。

瞎子消失在江水之中，江水依旧在迷茫地流动，有几片树叶从瞎子淹没的地方漂了过去，此后江面上出现了几条船。

三日以后，在一个没有雨没有阳光的上午，4与瞎子的尸首双双浮出了江面。那时候岸边的一株桃树正在盛开着鲜艳的粉红色。

一九八八年五月五日